Das Paddelboot

Das bin ich

Das Paddelboot

Roman
von

Erika Oczipka ©2015

Fotografien: Erika Oczipka ©
Foto Cover vorn:
Paul de Bruin©, La Palma

Herstellung und Verlag:
BoD - Books on Demand,
Norderstedt

ISBN: 9783734774485

Bibliografische Information der Deutschen Nationalbibliothek:

Die Deutsche Nationalbibliothek verzeichnet diese Publikation in der Deutschen Nationalbibliografie; detaillierte bibliografische Daten sind im Internet über
http://dnb.d-nb.de

abrufbar.

©2015 Erika Oczipka
Fotografien: Erika Oczipka ©

Herstellung und Verlag:
Books on Demand GmbH,
Norderstedt

ISBN: 9783734774485

Inhalt	Seite
Einführung	9
Mein Bruder	16
Am großen Fluss	19
Paul und der Vatertag	22
Der befreiende Lauf	26
Ich am Vatertag	33
Was ist ‚Zeit'	37
Begegnung mit einem Fremden I	42
Begegnung mit einem Fremden II	51
Eine kleine Offenbarung – Mein Plan nimmt Formen an	58
Kein Boot und ein Abschied	74
Paul, mein Bruder und ich	87
Paul und ich, eine klare Sprache sprechend I	95
Paul und ich, eine klare Sprache sprechend	107
Verzweiflung	126
Zwei Wochen später in Leer	135

Wer wissen möchte, wie es endet, sollte weiterlesen!

Einführung

Ich war 30 Jahre alt, als ich Paul begegnet bin, dem Paul, der mich unbedingt heiraten wollte. Er sagte, ich sei und bliebe die einzige Frau, der er jemals einen Antrag gemacht habe.

Von vornherein war mir klar, dass er log. Oder verrückt war. Oder sich davon erhoffte, dass ich durch diese Worte für immer geprägt sein würde. Und wie mir sehr schnell bewusst wurde, lag ich mit dieser Annahme richtig. Da konnte ich schon nicht mehr zurück. Es blieb mir nichts anderes übrig, als ihn Pawlow zu nennen, insgeheim. Ich denke, Sie werden wissen wollen, warum. Heute bin ich 40.

Pawlow und ich verließen jährlich zweimal mit seinem Wohnmobil unsere Heimatstadt Leer, in der er ein großes Apartment besaß. Ein weiteres Mal im Jahr machte er sich allein auf den Weg. Das brauchte er, der einsame Wolf.

Die Stadt war ihm zu eng, wie er sagte, Blödsinn in meinen Augen, da er den Horizont nicht einmal als solchen wahrnehmen konnte, so weit weg war dieser. Keine Insel nahm ihm die Sicht, an keinem Offshore-Windpark hat sich vor mehr als zehn Jahren sein Auge stoßen können. Es gab diese wilden Drehflügelobjekte nur vereinzelt in unserer Nähe. Für mich war klar, dass jemand, der mit dem Wohnmobil unterwegs war, einen Defekt haben musste, auch wenn er zusätzlich eine Immobilie besaß.

Ich begab mich auf die Suche nach diesem Defekt, denn ich fuhr mit, musste mitfahren, um diesen Mann zu ergründen. Und außerdem waren wir ja verheiratet. Ich wollte angeblich keine Kinder, was nicht stimmte. Aber er wagte nicht einmal den Versuch dazu, und ich war die einzige, die er je geliebt hatte und noch liebte. Nachträglich bin ich dankbar dafür, dass mir mit diesem Mann die Aufzucht von Kindern erspart geblieben ist. Damit hätte er mich leicht beschäftigen und ich meinen Halbtagsberuf als Archivarin einer größeren nordwestdeutschen Zeitung nicht mehr ausführen können.

Wir hatten in Leer einige Bekannte, die sich hin und wieder für unsere Kinderlosigkeit interessierten. Paul sei mit 40 im besten Mannesalter, hörte ich, und Seitenblicke auf Paul verfehlten in meinem Inneren nicht ihre Wirkung. Immerhin brachte ich es zustande, mit dem Kopf dezent auf meinen Mann zu weisen und ein Fragezeichen in die Luft zu zeichnen.

Ein Freund Pauls verstieg sich, als ich, inzwischen 35 Jahre alt, mit ihm eines Abends allein in der Küche stand, weil ich etwas aus dem Backofen zu entnehmen hatte, zu der Frage: „Was ist mit Paul, kann er nicht?"

Was blieb mir übrig, als zu antworten, er lasse das sicher nicht prüfen und vergewaltigen wolle ich ihn letztlich nicht. Der Freund strich mir bedauernd übers Haar. Ich hätte ihm gern reinen Wein eingeschenkt, war nicht mutig genug. Wozu auch? Niemand konnte Paul beeinflussen, misstrauisch, wie er war. Gott sei Dank! Aus heutiger Sicht, wohlgemerkt.

Denn mir war mir schon recht bald klar geworden, dass ich mit diesem Manne keine Kinder wollte. Ich sah ihn als verbal gut geschulten Einzelkämpfer, der durch den Verkauf teurer Designerbrillengestelle materiell und sichtbar gut dastand. Als Versager trat er nur bei mir auf. Das hatte aber mit dem fehlenden Sex nichts zu tun. Ich war nicht in der Lage, ihn objektiv zu beurteilen, das war bereits nach den ersten Jahren unserer Beziehung fast nicht mehr möglich. Ich versuchte ihn zu sehen, wie seine Freunde das taten. Aber auch das gelang mir nicht. Die Frauen, mit denen wir privaten Umgang hatten, waren nett zu ihm und haben sich mir gegenüber nie eine Frage nach dem Wesen meines Mannes erlaubt. So wuchs meine Abneigung gegen Paul bzw. Pawlow leise und unerkannt in mir. Und, je älter ich wurde, bedauerte ich, nicht Mutter geworden zu sein.

Ich erinnere mich sehr gut an die Stunde und den Tag, einige Monate nach der Hochzeit, als wir noch ziemlich nett und natürlich miteinander umgingen, und ich einen Anlauf genommen hatte, ganz bewusst zärtlich zu ihm zu sein, aber abgewiesen wurde mit den Worten: "Sex gehört zu meinem Leben nicht dazu, das hättest du dir vorher überlegen müssen."

Ja, wie denn das? Er hatte gut reden und ich keine Ahnung. Ich hätte die Ehe als nicht vollzogen auflösen lassen sollen damals. Theoretisch war mir das klar, aber es ging weit über das hinaus, was ich übers Herz gebracht hätte.

So ließ ich ihn mit anderen Frauen flirten, denn darauf verstand er sich. Und sie nahmen das gern an. Manchmal dachte ich, dass Paul eines Tages an seine Grenzen stoßen könne, wenn er in einem unbedachten Moment einer Frau zu viel Hoffnung gemacht haben würde und er sich ihren sexuellen Forderungen, um sein Gesicht zu wahren, nicht würde widersetzen können.

Soweit kam es nicht, jedenfalls nicht so offensichtlich, dass ich es hätte bemerken müssen.

Dafür dachte ich so manches Mal, wie dumm doch Frauen sein können. Sie durchschauen Männer nicht so leicht. Die

Männer aus Pauls Umfeld benahmen sich ihm gegenüber kumpelhaft. Paul war nicht im üblichen Sinne gebildet, aber er war gesellig und aufmerksam zu seinen Gästen, die ausgeprägte Gastfreundschaft war eine seiner positiven Eigenschaften. Wer ihm zum ersten Mal begegnete, sah einen Mann vor sich, der sich mit seiner äußeren Hülle dezent an die jeweilige Mode hielt, von etwa 1,85 m Größe, von heller Haut, mit rotblondem Haar und blassblauen Augen. Die Schultern zog er häufig nach vorn, was zu einer schlaffen Haltung führte, die er mit Hilfe seiner Sportlichkeit versprechenden Anzüge mit extrem bunten Krawatten ab und zu zu korrigieren verstand. Selten habe ich ihn richtig aufrecht stehen sehen, nicht einmal, wenn er sich streckte oder reckte.

Sein Händedruck bei der Begrüßung widersprach seiner Haltung, denn er war beeindruckend fest. Das Interessanteste an ihm waren jedoch seine aparten Sonnenbrillen.

In seiner Jugend war er einige Jahre Mitglied in einem Judo-Verein gewesen. Das war lange vorbei. Ich hatte die Ehre, Fotos sehen zu dürfen aus dieser Zeit. Er war mir durchaus nicht unsympathisch, stellte ich fest. Auch dem hiesigen Ruderclub gehörte er längere Zeit an. Das hatte sich aber, nachdem er jährlich mindestens drei Mal für längere Zeit auf Reisen ging, von allein erledigt. Ich bin fast sicher, dass er als Nichtschwimmer im Verein keinen besonderen Status besaß. Die Mitglieder sollten schließlich auch in ihrer Freizeit mit anfassen, regelmäßig mit ihren Kameraden rudern, an Feiern teilnehmen, Wettbewerbe mitorganisieren und vieles mehr. Das konnte Paul nicht leisten. Anders als meine, lebten Pauls Eltern nicht mehr, Geschwister hatte er nicht, Verwandte, die es vielleicht noch gab im Umkreis von Leer oder anderswo, bekam ich nie zu Gesicht. Aber all das störte mich nicht, ich hatte meinen Beruf, meine Freizeit, meine Eltern und, last not least, auch meinen Mann. Paul, nein, Pawlow, war meinen Eltern ein gern gesehenes weiteres Mitglied unserer nicht weit verzweigten Familie. Ich erinnere mich an einen kleinen Moment, der mich stutzen ließ. Das war, als meine Mutter einige Zeit nach der Hochzeit - ich war mit ihr in der Küche beschäftigt - zu einer Frage ansetzte. Einer Frage, der ich immer hinterherhinkte mit meinem Unvermögen, einfach zu akzeptieren, dass Pawlow keinen Sex mit mir wollte, ja, gar kein Bedürfnis danach hatte, und nach Kindern schon gar nicht, obwohl er das zu Beginn unserer Beziehung so explizit nicht formuliert hatte.

Auf diese wenigen Worte zu dem Thema, die mir im Gedächtnis geblieben waren und die sich mir immer dann zeigten, wenn es mir gerade mal nicht gut ging, zielte haargenau meine Mutter mit ihrer Frage: „Weißt du schon, wann du schwanger werden möchtest? Du bist fast 31, meine Liebe."

Ich war noch dabei, das Geschirr vom Mittag in die Spülmaschine zu stellen, vermochte nicht den Kopf zu heben, um meine Mutter anzusehen. Ein Löffel fiel mir aus der Hand, und ich kroch fast in die Maschine, um ihn wiederzufinden. Meine Mutter tat so, als würde sie intensiv die Herdplatte putzen, murmelte dabei: „Wir haben doch nur noch dich und würden so gern Enkelkinder spielen sehen."

Ich konnte mich gerade noch bremsen, nicht aus dem Raum zu fliehen, mir war danach, oder danach, das restliche Geschirr vom Tisch zu fegen, ich bekam keine Luft, dachte, was soll denn das für eine Begründung für eine Schwangerschaft sein, eine Frechheit ist das, sollen sie doch ihren Paul fragen, der gibt ihnen bestimmt die richtige Erklärung, fragt ihn doch, er ist ein Mann und kann doch alles, er versteht Frauen besser als sonst jemand auf der Welt, er ist viel gereist, hat viele Familien mit Kindern kennengelernt, wahrscheinlich auch mit denen gespielt, der liebe Onkel, der alles kann und der nur mich heiraten wollte. Was hat der für einen Riecher gehabt, was bin ich für eine Frau, die nicht davonläuft vor diesem netten freundlichen Kerl.

Wenn Ihr wüsstet, was das für ein Leben ist mit diesem Pedanten, wie der herumnörgeln konnte schon nach kurzer Zeit, was er seiner geliebten Frau für Auflagen machte, was sie durfte, was sie nicht durfte, wenn Ihr wüsstet, wie gern ich jeden Morgen ins Büro gehe, während er noch seine Haare föhnt, sein Aftershave verteilt, sich im Spiegel betrachtet und offenbar über so viel Unfähigkeit an Selbstkritik vergessen hat, dass andere Menschen, besonders ich, auch eine Meinung hatten oder sogar haben sollten.

Denn der Alltag nutzte uns ab in jeder Hinsicht, Lebensfreude kam bei ihm erst auf, wenn er sein Wohnmobil startklar machte. Dann war er wie verwandelt, lieb und fürsorglich mir gegenüber, bedachte dies und das, versuchte sich in Demokratie, ich sage, versuchte sich, denn es gelang ihm nicht.

Die anderen, ziemlich lockeren Momente waren diejenigen nach guten Geschäftsabschlüssen. Dann machte er Pläne, in die er mich einbezog, wenn er sie ausgearbeitet hatte, einbezog bedeutete bei ihm, dass er sie mir vorlegte, damit ich mich mit ihnen vertraut machen konnte. Ihr habt keine Ahnung, wovon ich als Frau geträumt habe und wie die Realität einer mit diesem Pawlow verheirateten Frau aussah.

Auch wenn Ihr das wüsstet, Ihr könntet es nicht nachvollziehen. Ich warte auf den Tag, an dem ich es ändern werde, mein Leben! Ich ganz allein.

Zurück zu diesem Tag in der Küche. Ich konnte meine Mutter nicht ansehen, zuckte nur mit den Schultern und ging, nachdem alles abgeräumt und einsortiert war, ins Badezimmer, schloss mich ein und blieb einige Zeit, eine lange Zeit für mich, dort sitzen, auf dem Toilettendeckel, den Kopf zwischen den Händen. Weinen wollte ich nicht, Trotz stieg in mir auf. Ich drehte den Kaltwasserhahn bis zum Anschlag auf und kühlte mein Gesicht, während ich langsam bis 120 zählte. Dann trocknete ich es ab, strich die widerspenstigen Haare hinter die Ohren und ging ins Wohnzimmer. Gott sei Dank nahm niemand besondere Notiz von mir.

Leers schönste Frau

Mein Bruder

Da saß ich nun im elterlichen Wohnzimmer auf dem Ostfriesensofa, blätterte in einer Ausgabe des „Spiegel" und wusste nicht, was ich las, wusste aber genau, was ich versäumt hatte. Ich hätte viel direkter und fordernder auftreten müssen, doch das entsprach nicht meinem Naturell. Ich war schon froh, wenn es in meinem privaten Alltag keinen Streit gab, sondern Frieden. Nie habe ich mich gefragt, was so viel Frieden für einen Sinn haben sollte, wenn ich dann mit meinen Bedürfnissen auf der Strecke bliebe. Jahre zuvor, als ich noch keinem Pawlow begegnet war, hatte ich durch meinen

Beruf einige Männer kennengelernt, mit denen mich mehr als nur Ausgehen, Essen und Trinken, Tanzen oder Mode verband.

Meine Freizeit war nicht die eines Sonderlings, der ich erst mit Pawlow werden sollte und konnte. Ich schlief gern mit mir sympathischen Männern, warum auch nicht. Wenn ich jetzt darüber nachdenke, woran es lag, dass es nicht zu engen Beziehungen gekommen ist, fällt mir nicht sofort eine Erklärung ein. Es ist ja auch nicht so einfach, ehrlich zu antworten, wenn es um derart wichtige Fragen geht.

Ich lebte in den Tag hinein, in meinem Beruf war ich jedoch ehrgeizig, was sicher als Widerspruch im Raume steht und auch stehenbleiben kann.

Ich wollte und habe Germanistik und Politikwissenschaften in Köln studiert und aus diesem Grunde das elterliche Haus in Leer verlassen. Meine Semesterferien verbrachte ich meistens mit meinem fünf Jahre jüngeren Bruder in Leer, bis er mit dem Studium an der Kölner Sporthochschule begann und wir uns in der Nähe eine gemeinsame Wohnung suchten. Unsere Eltern haben sich mehr als einmal gefragt, was uns verband. Ich war und bin groß, schlank und dunkelhaarig mit braunen Augen und meinem Vater sehr ähnlich. Mein Bruder Andreas war der blonde Norddeutsche, allerdings mit hellbraunen Augen, athletisch und sehr sportlich, vor allem, was den Wassersport betraf. Er war humorvoll im Ernst, lachte manchmal grundlos, konnte sich wie ein Kind freuen, war beliebt, vielleicht, weil er so locker schien, die Schule so nebenbei mitlaufen ließ, und er hatte sehr früh die Tanzschule bei Schrock-Opitz in Leer besucht. Er war keineswegs ein Hallodri. Die Mädchen stritten sich um ihn, zumal er Gitarre spielte und eine nuschelnde, aber einschmeichelnde Stimme besaß und gern zeigte, wem er nacheiferte, nämlich Bob Dylan.

Vielleicht war deshalb auch eine engere Beziehung zu einem anderen Mann für mich nicht wichtig genug, denn diese hatte ich ja - bis auf die sexuelle Komponente - zu meinem Bruder, in der Kindheit schon und später erst recht.

Mit mir sprach er über alles, über seine Freundinnen, seine Wünsche und Hoffnungen, auch über mich. Er glaubte, ich würde irgendwann nach Leer zurückkehren, weil ich doch nicht der Großstadttyp sei. Dass er damit Recht behalten könnte, hätte ich nie erwartet. Er hat es leider nicht erlebt.

Etwa fünf Jahre lebten wir in Köln gemeinsam in einer schönen Wohnung in der Nähe des Ebertplatzes. Unsere Eltern waren froh, dass wir uns so gut verstanden. Außerdem war die Finanzierung einer einzigen Wohnung preiswerter für sie. Als Andreas mit dem Studium fertig war, suchte er sich eine eigene kleine Wohnung, obwohl wir immer noch einen großen Teil unserer freien Zeit miteinander verbrachten.

Da Andreas kein Lehramt anstrebte, tat sich für ihn eine Reihe von Möglichkeiten auf, mit Sport Geld zu verdienen. Die Gitarre nahm er überall mit hin. Wenn wir zusammen irgendwo auftauchten, kam es nicht selten vor, dass er spielte und ich ihn gesanglich begleitete. In den Studentenkneipen waren wir ein Paar.

Sturm zieht auf

Am großen Fluss

Es wurde langsam, aber sehr spät Frühling in diesem zehnten Jahr mit Pawlow, und es war wieder eine Reise fällig. Ein Mitspracherecht bei der Auswahl des Zieles besaß ich nicht, seit ich von meinem ausgeprägten und wiederkehrenden Wunsch erzählt hatte, einmal Macchu Picchu sehen zu dürfen. Seit meiner Kindheit und Jugend in der Schulzeit, gefördert durch meinen Geographie-Lehrer, träumte ich davon. Pawlow sagte dazu nur kurz angebunden: „Da kann man mit dem Wohnmobil nicht hin. Ich liebe dich sehr." Schluss. Aus. Heute weiß ich, dass es sehr wohl möglich ist, mit einem Wohnmobil dorthin zu gelangen. Also fuhren wir äußerstenfalls nach Köln, an den Rhein. Wirklich direkt an den

Rhein. So geschah es auch in diesem Frühjahr. Anfangs glaubte ich, diese Wahl sei ein Zugeständnis an mich, die ich gern in meiner zweiten Heimat weilte. Aber es stellte sich heraus, dass es lediglich Pawlows Bequemlichkeit zuzuschreiben war, die uns wieder hierher geführt hatte. Pawlow war ein Gewohnheitstier. Köln fand er sehr interessant. Für dieses Jahr war es ihm gelungen, den linksrheinisch gelegenen Campingplatz im Stadtteil Rodenkirchen zu buchen, von Kennern bevorzugt. Es war sehr schön hier. Das gab ich gern zu.

Um uns herum begann es zu grünen und zu blühen. Vom Wasser des großen Flusses trennte uns nur ein kleiner Spazierweg und die dicht bewachsene, deichähnlich abfallende Böschung.

Pawlow war begeistert, und ich ließ mich davon mitreißen. Jeden Morgen gegen acht Uhr zog er los zum Joggen. Ich be reitete das Frühstück vor.

Anfangs war schlecht abzusehen, wie lange sein Jogging dauern würde und der Kaffee in der Kanne warm bleiben müsste. Es war nach etwa einer Woche, als ich begann, selbst für mich überraschend, das gemeinsame Frühstück zu hassen. Bis dahin hatte ich dieses Wort nicht zu meinem Wortschatz gezählt. Von Tag zu Tag wurde ich sicherer mit der Prognose, dass es mir nicht mehr lange gelingen würde, meine veränderten Gefühle vor ihm zu verbergen. Ich war allerdings noch viel zu sehr gefangen in meiner Rolle als mitspielende Person, die es sich verbat, mitzubestimmen oder sich gar das Recht auf ein Veto zu nehmen.

Was sollte ich tun, wie könnte ich ihn loswerden. Oder gäbe es doch eine Möglichkeit, unser Leben derart zu verändern, dass wir uns einig würden über die Gemeinsamkeiten. So, wie es in den vergangenen Jahren abgelaufen war, durfte es für mich nicht weitergehen. Für ihn gab es keinen Anlass, etwas zu verändern, er war ja zufrieden.

Ich war immer gern - vor allem mit meinem Bruder Andreas - mit dem Boot unterwegs gewesen, ich konnte gut rudern, auch das Segeln hatte ich über die Jahre ganz passabel erlernt. Was wäre, wenn ich ein Boot kaufte und Pawlow und ich wenigstens gemeinsam auf dem Rhein rudern könnten?

Doch Pawlow würde sich wahrscheinlich nicht darauf einlassen, er konnte ja nicht einmal schwimmen. Und ob er willens wäre, mir das Ruder im wahrsten Sinne des Wortes zu überlassen, da ich es war, die den Rhein kannte, bezweifelte ich. Nur, irgendetwas Verbindendes müsste doch zu finden sein. Sollte, könnte, vom Herzen her spürte ich, dass es nicht reichen würde.

Mit hochrotem Kopf kam Pawlow, der blasse blonde Mann, der von seinem Spitznamen nichts ahnte, wieder einmal vom Joggen zurück und machte sich auf den Weg zu den Duschen. Mir war das recht. Auf eine halbe Stunde früher oder später kam es schon nicht mehr an. So hatte ich noch eine Galgenfrist, mich auf alles, was von ihm an diesem Tag noch kommen würde, einzustellen. Das Thema ‚Boot' wollte ich zunächst noch nicht anrühren, obwohl es sich in den vergangenen Tagen auf den ersten Platz meiner Bestenliste vorgearbeitet hatte.

Paul und der Vatertag

Nichts hatte sich geändert, als Paul nach einer Woche auf dem Kölner Campingplatz frühmorgens aufbrach und nach einer halben Stunde schon wieder erschien, mit einer Tüte Brötchen, wie ich feststellte. Er küsste mich auf den Mund.

„Das war heute besonders kurz und schön, meine Liebe. Schade, dass du das nicht genießen kannst! Jetzt gehe ich unter die Dusche. Die Brötchen liegen draußen auf dem Tisch."

Ich nickte und wischte heimlich mit einer Serviette über meine Lippen. Bevor er in die Sanitärräume abzog, drehte er sich noch einmal um: "So habe ich mir das Leben mit meiner

Liebsten vorgestellt." Ich staunte. Das war alles? Nach zehn Jahren! Kurz danach saßen wir am Frühstückstisch. Pawlows Appetit war immer ausgeprägt, heute aber besonders. Mit seinem linken Handballen drückte er die Brötchen zusammen, um sie dann besser aufschneiden zu können. Schön anzusehen war das nicht. Es hatte etwas Barbarisches. Ich zuckte mit keiner Wimper, biss die Zähne zusammen.

Aus seiner Jackentasche zog er ein aufgerolltes Papier, aus dem er ein Stück feine Leberwurst herauslöste, das er genüsslich auf zwei Brötchenhälften verteilte. „Die hat mir der Schlachter zum Probieren mitgegeben. Du isst ja so was nicht." Er lachte mich an. Ich lachte zurück, mir war außergewöhnlich schlecht.

Nach einer Weile stand er unvermittelt auf. „Das reicht!" Er kam fröhlich schwingend auf mich zu, zog mich vom Stuhl, nahm mich in den Arm, flüsterte mir ins Ohr: "Ich muss später noch wieder weg. Wusstest du, dass heute Vatertag ist? Es wird heute wohl etwas länger dauern."

Ich lachte nicht mehr. Er sah das.
„Du bist doch beschäftigt, oder?"
„Klar" sagte ich.
„Das dachte ich mir schon, wollte dir aber die Entscheidung überlassen, ob du mitgehen möchtest oder nicht." Mein zweites Erstaunen erstreckte sich über einen etwas längeren Zeitraum als das erste an diesem Tag. Ich begann das Frühstücksgeschirr und die Lebensmittel abzuräumen. Meine Gedanken waren ganz woanders. Ich sträubte mich dagegen. Ich wehrte mich gegen mich selbst. Pawlow hatte neben den Brötchen auch eine Kölner Tageszeitung mitgebracht. „Ich

muss mich vorher noch ein wenig informieren wegen der Jungs, die sind fast alle Kölner, FC-Fans auch noch."

Er lächelte mir verschwörerisch zu. Ich war mit meinen Gedanken immer noch ganz weit weg.

„Warum guckst du so ernst, ist dir langweilig?"

„Nein, überhaupt nicht! Ich zähle die vorüberfahrenden, schwer beladenen Frachtschiffe."

„Da siehst du, es gibt immer etwas zu tun, was deinen Horizont erweitert."

Ich sah aus dem Fenster.

„Sicher", sagte ich, „dann kann ich mitreden. Da kommt schon wieder so ein großes Schubschiff mit Kohlen."

Ich fügte auf meinem Blatt Papier ein weiteres Kreuz in die dafür vorgesehene Kategorie ein. Mir schien, dass ich, wenn ich einmal nicht auf den Fluss schaute, bereits ein Schiff verpasst hatte. Doch momentan war mir Pawlow wichtiger. Seine Miene hatte sich verzogen, er rümpfte sekundenlang die Nase, sah von der Zeitung auf.

„Du zählst also ernsthaft die Schiffe?"

Ich nickte. „Dann habe ich etwas zu tun. Vielleicht benötigt das die Kölner Stadtverwaltung für ihre Arbeit. Ich maile es ihnen vor unserer Abreise."

Pawlow bekam seinen Mund nicht wieder zu. Er schüttelte verständnislos den Kopf. Dann sah er aus dem Fenster, genau in dem Augenblick, als ein Containerschiff vor unseren Augen vorüberstampfte. „Die sind ja wirklich riesig", staunte er und sah mich an. „Und was für Wellen die verursachen.

Jetzt möchte ich nicht im Wasser sein!" „Ich zähle aber auch die kleinen und teile sie in Kategorien ein", klärte ich ihn auf. Pawlow hatte sich wieder abgewandt, zerknitterte, wie mir schien mit Unmut seine Zeitung. Dann stand er abrupt auf, zog aber umständlich seine schwarze Wolljacke über, gab mir einen flüchtigen, doch feuchten Kuss, der wegen meiner ebenso flüchtigen Kopfdrehung auf meinem Ohr landete und verschwand mit einem geheimnisvollen Lächeln. Mir war, als hätte er einen Plan. Außerdem hingen die Bügel einer der neuesten Kreationen seines geliebten Designers in Form einer Sonnenbrille auf Ohren und Nase. Damit besaß selbst ein Mann wie er eine gewisse Ausstrahlung des Besonderen. Es tut mir wirklich leid, ihn derart beschreiben zu müssen. Wenn ich es ihm sagte, begriffe er die Ironie nicht. Das gehörte nicht zu seinem Wesen. Dasselbe galt für Wortspielereien, für die ich eine Vorliebe hatte. Vergeblich die Mühe, einen Menschen wie ihn dafür zu begeistern. Sehr selten gelang es mir.

Der befreiende Lauf

Sobald er die Tür ins Schloss gedrückt hatte, legte ich mein Arbeitszeug beiseite, zog meinen Sportanzug an und ging hinaus auf den Jogging-Pfad am Rheinufer.

Die Sonne schien in mein Gesicht, während ich langsam startete, nicht weil ich meine Gedanken loswerden, sondern während des Laufs noch einige hinzugewinnen wollte.

Ich bemerkte noch, wie ich in einen Rhythmus gelangte, der mir erlaubte, Selbstgespräche zu führen. Es waren keine kompletten Sätze, sondern dahingehauchte Satzfetzen des Inhalts wie: warum lasse ich mir das alles gefallen, was ist mit dem Mann, was soll ich bei ihm, was treibt er ohne mich, wozu brauchen wir uns überhaupt gegenseitig? Brauche ich ihn? Ich könnte ihn umbringen, den tumben gefühllosen Kerl! Während des Laufens wuchs in mir eine unbändige Wut auf mich selbst wegen meines derart fremdbestimmten Lebens, und nicht weniger auf Pawlow, der aus mir eine dressierte, abhängige Frau gemacht hatte. Was für ein Vergleich, dachte ich. Wie schrecklich, so etwas über das eigene Leben sagen zu müssen.

Zwischen meinen Gedanken lenkte ich den Blick auf den Rhein und bemerkte überrascht, dass ich schon auf der Höhe der Südbrücke angekommen war. Ich hatte mein Soll längst überschritten, nur meine Gedanken hatten noch nicht nach einer Pause verlangt. Immer wieder sah ich in meinen Vorstellungen ein Ruderboot, manchmal war ein rotes Paddelboot dabei. Und jedes Mal hatte ich zwei Parteien in meiner Brust, die um meine Gunst buhlten. Eine behauptete, mit einem Boot könne ich mein Seelenheil finden, die andere bedrängte mich, durch ein Boot meinen Frieden zu finden, indem ich Pawlow aufgab.
Wo die Fallen aufgestellt waren, zeigte mir niemand, die schien ich selbst finden zu müssen. Aber eine Ahnung beschlich mich ab und zu. Auch jetzt.
Ich verlangsamte meine Bewegungen bis zum Stillstand, setzte mich auf eine Bank und verschnaufte. Was war das doch für ein Leben! Und das seit zehn Jahren! Es gab keine Schuldfrage, aber Wut darüber, dass ich mich so naiv hatte zeigen können vor dem Manne, der noch nicht einmal würde verstehen können, worum es ging, wenn meine Gedanken auf diese Weise abdrifteten. Als ich auf den Rhein sah, war

ich erstaunt über den zu dieser Jahreszeit sehr hohen Wasserpegel. Da konnte ich mitreden, schließlich hatte ich viele Jahre hier gelebt und ein Hochwasser nach dem andern kommen und nach mehr der weniger verursachten großen Schäden hatte wieder abfließen sehen.

Inzwischen war zwar der Hochwasserschutz gereift, man hatte dazugelernt. Für diesen Schutz mussten kaum vorstellbare Geldsummen aufgebracht und über Jahre hinweg von Fachleuten entsprechende Vorkehrungen getroffen werden.

Was mir an diesem Tag besonders auffiel, war, dass einige kleine Strände und deren Bewuchs kaum noch zu ahnen waren. Und das Mitte Mai! Wenn das kein Zeichen für mich war. Ich war eine gute Schwimmerin, rudern konnte ich doch ziemlich gut. Ein Boot besaß ich nicht. Ein Boot…ja, ein Boot. Ich würde mir wirklich eines kaufen. Es durfte gern ein gebrauchtes sein, das war mir egal. Es sollte Pawlow davontragen in eine Ferne, aus der es kein Zurück geben könnte.

Während ich so meinen dringlichen Wunsch formuliert hatte, wurde mir klar, dass ich noch nie Wünsche oder Forderungen an irgendjemanden gerichtet hatte. Auch nicht an Paul. Was für ein Trottel war ich gewesen. Wenn ich ehrlich sein soll, ich wusste, was ich zu tun hatte.
Ein Boot würde mir die ersehnte Freiheit bringen! Freiheit. Freiheit aber, davon hatte ich nur die Worthülse, was war das eigentlich? Theoretisierend hätte ich eine umfangreiche Diplomarbeit darüber abfassen können unter der negativen Variante mit dem Titel „Was macht mich unfrei?"

Nichts Objektives also, nur mein kleines Leben, betrachtet durch die Augen eines vermeintlichen Opfers. Ab und zu hielt ich mich dafür, wusste jedoch, dass mir dieses Wort nicht weiterhelfen konnte. Mit etwas mehr Tempo lief ich zurück zum Campingplatz. Ich war auf einen Seitenweg geraten ohne es zu wollen und hatte gerade ein vergittertes Tor geöffnet und passiert. Mit Erstaunen stellte ich fest, dass ich auf diesem Wiesengelände auch Wohnwagen und Wohnmobile durch das noch junge Laub schimmern sah. Hier hatte ein Kölner Ruderverein seinen Sitz, so las ich.
Noch ziemlich kräftig atmend, traf ich auf einen Mann, der gerade dabei war, ein kieloben liegendes Boot zu untersuchen. Als er mich wahrnahm, blickte er auf.
„Ich habe gar nicht gehört, dass Sie das Tor geöffnet haben, oder sind Sie aus dem Rhein gestiegen?"
Er musterte mich und mein Outfit. „Nee, das kann nicht sein, selbst eine Nixe wie die Loreley würde jetzt noch aus allen Poren tropfen."
Ich war erleichtert und lachte den Mann freundlich an. Langsam stellte ich meine federnden Beinbewegungen ein.
„Ich wohne zur Zeit nebenan auf dem Campingplatz", erklärte ich und wies in die Richtung.
„Aha, und da wollten Sie eben sehen, was in der Nachbarschaft alles so los ist?"
„Ja, merkwürdig, ich bin seit zwei Wochen täglich hier vorbeigejoggt, ohne den Verein wahrzunehmen. Manchmal gehe ich wohl mit Scheuklappen durch die Gegend."
„Ja, das gibt es, und meistens dann, wenn jemand mit einem größeren Problem beschäftigt ist", entgegnete er und sah mir in die Augen. Ich hielt stand.

"Wenn ich Sie bei der Arbeit störe, gehe ich direkt weiter", fiel mir ein, weil ich es mit einem mal ziemlich forsch von mir fand, hier so eingedrungen zu sein und mich auch noch hingesetzt zu haben.
„Ach was, wir Kölner nehmen das nicht so genau, wir sind sehr kontaktfreudig." „Weiß ich doch, ich bin selbst Kölnerin gewesen."
„Ich lade Sie gern auf ein Kölsch ein, aber", lachte er, "Kölner ist man oder nicht, gewesene Kölner gibt es nicht."
Er wies mit dem rechten Daumen hinter sich. „Wir haben ein nettes Vereinshaus."
„Sieht danach aus. Aber ich würde mich gern erst umziehen."
„Warum das?" Er sah mich mit - wie ich jetzt erst bemerkte - seinen grünbraunen Augen fragend an.
„Wenn Ihnen nach dem Laufen kalt ist, kann ich mit einer Decke oder Handtuch dienen."
Er wollte schon ins Haus gehen, ich hielt ihn zurück.
„Ist nicht nötig."
Er ging voraus auf eine Terrasse vor dem Haus, zu einem sonnigen Platz mit Blick auf den Fluss, bot mir einen Stuhl an, ging dann doch ins Haus und kam mit einem Glas Wasser und einer Flasche Kölsch zurück.
Seine Bewegungen waren ohne Hektik, seine Sprache mir vertraut, melodisch, mein liebes Kölsch. Seine Jeans waren ausgeblichen, aber von allein und nicht á la Mode, vom blauen Hemd waren die drei ersten Knöpfe geöffnet und die Ärmel aufgerollt. Er trug festes Schuhwerk aus mittelbraunem Veloursleder. Was es plötzlich alles so zu sehen gab.
Ich trank einen Schluck Wasser, einen zweiten und dritten. Warum hatte ich meinen Durst leugnen wollen?
„Dass heute Vatertag ist, wissen Sie?"

Er lachte. „Wollen Sie mich testen? Oder sind Sie nur neugierig?" „Weder noch", versicherte ich und glaubte mir selbst nicht so ganz. Ich hatte lange nicht mehr einen mir fremden Menschen angesprochen. Diese spontane Art war mir fast abhandengekommen. Ich blinzelte in die Sonne, die gerade wieder von schneeweißen Wolken freigegeben wurde. Ich genoss mein Hiersein an diesem Platz und streckte meine Beine aus.

„Glauben Sie, dass ein Mensch in meinem Alter sich noch ändern kann, ich meine, wieder so werden kann, wie er vielleicht zehn Jahre zuvor war, authentisch, selbstbewusst?"
Er setzte sein Glas ab, nahm die Hand nicht sogleich weg, drehte ein wenig die Kölschstange, sah mich ernst an.

„Mag sein, dass das möglich ist. Möchten Sie das gern?"

Das hatte ich von meiner Direktheit, ich war zu weit gegangen. Ein Rückzieher kam aber auch nicht in Frage. Ich wagte nicht, etwas zu sagen, nickte zustimmend.
Da wir uns gegenübersaßen, maß der Abstand fast zwei Meter. Er rückte nach vorn, legte beide Arme auf den Tisch und beugte sich vor.
„Was brachte Sie dazu, hier hereinzukommen?" „Das weiß ich nicht zu sagen", war meine ehrliche Antwort, wobei mir eine Frage einfiel, die ich ihm vielleicht stellen konnte, um doch einen Grund zu finden.
„Seit ein paar Tagen sind vor meiner Nase Ruderboote unterwegs, meistens Vierer. Was mir auffiel und was mir fremd ist, ist die Tatsache, dass ich keinen Platz für einen Steuermann entdecken konnte. Und bei uns im Norden fahren wir immer

mit Steuermann." „Ja, das ist wirklich merkwürdig. Oder auch nicht. Das muss aber mit dem Gesamtgewicht bei Wettbewerben oder Regatten zu tun haben. Soviel ich weiß, ist bei den Olympischen Spielen und Weltmeisterschaften der Steuermann vorgesehen. Da ich Ihnen die endgültige Antwort nicht geben kann, werde ich mich darum kümmern müssen. So haben Sie die Chance auf ein Wiedersehen." Er lächelte mich an.
„Sind Sie so sicher, dass ich Sie wiedersehen möchte?"
Er lächelte wieder. „Es ist zumindest eine schöne Vorstellung."
Ich war erleichtert, stand auf, nahm den letzten Schluck. Was erwartete er jetzt von mir? Ich gab ihm die Hand und spürte seine Wärme. Er hielt sie fest. Ich sah ihm in die Augen.
„Ich bin Anna. Danke für die nette Unterhaltung."
Er ließ meine Hand nicht los.
„Sie finden mich hier donnerstags und manches Mal auch am Wochenende. Die Saison beginnt langsam wieder. Spät genug, aber es war bisher zu kalt und die Strömung zu stark. Ich heiße Fred. Hat mich gefreut, Sie zu sehen."
Langsam er ließ meine Hand los.
Ich drehte mich um, winkte kurz über die Schulter, schritt besonders aufrecht durch das Tor und ging langsamer als gewohnt davon.
In meinem Innern brodelte es. Was war das nur? Eine kurze Begegnung mit einem Mann. Und schon war ich high. High, was für ein Wort! Es klang seltsam, und doch empfand ich mich so.

Hauptbahnhof im Hintergrund, vorn die Domplatte

Ich am Vatertag

Fast drei Stunden war ich fort gewesen, Pawlows Wohnmobil betrachtete ich jetzt gleichgültig und ohne Freude. Es hatte für mich keinen Wert mehr. Konnte das so schnell geschehen, diese Klarheit, die mich überfallen hatte, als hätte ich mit all dem nie etwas zu tun gehabt. Alles, was ich sah, war mir plötzlich fremd. Sollte mir fremd sein. War es mir nicht immer fremd gewesen, dieses Reisen in einem Wohnmobil? Oder war ich schizophren? Ich ging hinein in die Enge dieser Behausung, die ich über Jahre hin nie als so bedrängend wahrgenommen hatte, zog meine Sportkleidung aus, den Bademantel über, nahm Waschzeug, Handtücher und frische Kleidung und spazierte mit immer kritischer werdender Distanz ins Waschhaus. Ich kam mir vor wie in einem Film.

Zu dieser Zeit war kaum jemand unter der Dusche. Ich genoss das warme Wasser und ich erwischte mich bei einem ziemlich lauten Gesang. Zuerst immer nur die eine Zeile des ‚Queen'-Songs, einer meiner Lieblingssongs:

I want to break free
I want to break free
I want to break free

Ich machte eine Pause, wusste nicht, wie der Text weiterging. Noch einmal von vorn. Plötzlich hatte ich es wieder eingefangen:

I want to break free from your lies

You're so selfsatisfied I don't need you

I've got to break free

God knows, God knows I want to break free.

Und wieder von vorn, immer lauter werdend. Dreimal, bis ich zur Besinnung kam. Mehr war nicht zu duschen. Ich trocknete mich still mit langsamen Bewegungen ab, zog ein Kleid über, sammelte meine Utensilien und ging mit klarem Kopf zurück zum Stellplatz und in das Wohnmobil.

Ich kletterte über das breite Bett zu einem der oberen Einbauschränke, nahm Papiere, Geld und EC-Karte, aus einem anderen eine große, aber leichte Reisetasche, ein paar Sandalen, meinen Laptop wickelte ich in Handtücher, etwas

Unterwäsche, Pyjama, zwei Röcke, Oberteile, robbte rückwärts, verstaute alles in der Tasche, zwei Bücher und drei CDs legte ich dazu, ein paar Kosmetikartikel, aus dem Küchenbereich Schokolade und Äpfel, aus dem Kühlschrank Zuckerrohrschnaps und einige Limetten, aus dem Badezimmer meine Zahnbürste, Zahnpasta, Duschgel und Shampoo. Ich hob die Tasche an. Sie war zwar ziemlich voll, aber nicht übermäßig schwer. Ich hatte ja in Erwartung des Sommers gelebt. Vorsichtig legte ich die Tasche draußen vor der Tür ab.

Dann sah ich mich noch einmal um. Mein Statistikblatt würde Pawlow mitten auf dem Tisch entdecken. Ich schrieb darauf mit Bleistift: „Jeder Strich ein Jahr meines Lebens. Das reicht. Ich kaufe jetzt ein Boot. Dann fahre ich los!"

Was für eine merkwürdige Notiz. Wenn er das las, was sollte er denken? Ich war so durcheinander von meinem Handeln oder den Vorstellungen davon, dass ich mich fragte, ob mir noch zu helfen sei. Eines war mir trotzdem klar:

Pawlow würde mich so oder so nicht verstehen, weil für ihn die Welt in Ordnung war. Wieso sollte plötzlich ein großer Riss durch unser beider Leben gehen, ein Riss, der nicht mehr zu beseitigen, ja noch nicht einmal zu flicken war.

Da stand ich nun, bereit zu gehen. Stillstand. Stille. Langsam verließ ich das Gefährt, den gesicherten Raum, und auch ein Viertel, den Bruchteil meiner Vergangenheit, meines Lebens.

Ich drehte mich suchend um mich selbst. Mein Fahrrad. Es stand noch auf dem Gepäckträger, allein. Also war Pawlow mit dem Rad unterwegs. Pawlow hatte mich gut ausgebildet, was diese Anforderungen betraf. Schnell war mein Rad unten. Ich löste den Schlüssel für das Schloss aus meinem Schlüsselbund und schloss es auf, befestigte die Tasche auf dem Gepäckträger, stand, in bruchstückhafte Gedanken versunken, noch eine Weile da auf demselben Fleck. Die Wohnmobiltür schloss ich ab, nach einem Augenblick des Zögerns. Dann ging ich endlich - ich fühlte mein Gewicht nicht mehr - auf den Ausgang zu, drehte mich noch einmal um. Beinahe hätte ich doch das Fahrrad zurückgelassen! So aufgeregt war ich. Eine zweite Tasche hängte ich über die rechte Schulter. Gut ausgerüstet verließ ich mit meinem Rad den Campingplatz, begegnete niemandem, den ich kannte, und fühlte mich unendlich frei, aber noch lange nicht in Sicherheit.

Was ist ‚Zeit'

Es zog mich in die Stadt, in die Innenstadt Kölns. Ich sah auf die Uhr. Vor einer Stunde hatte ich noch bei dem Fremden, Fred, gesessen. Am Ruderverein war ich schon vorbei. Am Rheinufer und auch unter den Bäumen begegnete ich kleinen Männergruppen, die mit Fahrrädern und Anhängern unterwegs waren oder sich bereits fröhlich niedergelassen hatten, um den sonnigen Tag im Freien zu genießen.

Plötzlich traf mich der Gedanke und jagte mir einen Schrekken ein, Pawlow könnte mich sehen. Ich wusste nicht, wo er sich aufhielt, aber auszuschließen war ein Zusammentreffen nicht. Entschlossener trat ich in die Pedale, nur schnell weg, aber was war der kürzeste Weg in die Innenstadt. Ich fuhr auf den Bahnhof Rodenkirchen zu in der Hoffnung, die Linie 16 würde mich schnell von hier wegbringen. Ich hatte Glück und musste nicht lange warten. Sogar für mein Rad gab es noch Raum.

Die Menschen um mich herum waren gut gelaunt. Das übertrug sich auf mich, die ich mich danach sehnte, einfach so unterzutauchen und zu sprechen, wenn ich Lust dazu verspürte, zu schweigen, wenn mir danach war und im Übrigen meine Gedanken auf die unabwendbaren Veränderungen in meinem Leben zu richten.

Ich atmete tief durch. Mir fiel einfach nichts ein, wie ich mein Fahrrad für kurze Zeit unbeaufsichtigt lassen könnte, um mein Gepäck in ein Schließfach am Hauptbahnhof zu befördern. Fahrraddiebstahl war in Köln ein Dauerthema. Ich stieg an der Dom-Station aus, es ging ja nicht anders. Ich schob mein Rad bis zur Treppe, die hinaufführte vor die Domplatte. Rad mit Gepäck würde ich hier niemals allein hinauftragen können.

Ich sah mich um, wurde links und rechts von eilenden Passanten überholt. Ich blieb stehen und wartete, bis nur noch wenige Leute hinter mir waren. Ich löste die Reisetasche vom Gepäckträger und sah mich suchend um. Darauf reagierte ein junger Mann mit einem fragenden Lächeln, dem ich einfach vertraute und ihn bat, entweder mein Rad oder die Tasche die Stufen hinaufzutragen. Er nahm die Tasche, sie schien doch schwerer zu sein, als ich gemeint hatte. Ich trug das Rad hinauf. Er stand schon oben, wartete brav, bis ich pustend folgte.

„Ich muss nur schnell die Tasche in ein Schließfach bringen, dann lade ich Sie zu einem Kaffee oder Kölsch ein, wenn Sie mögen." Er schaute in den Himmel. „Gern, wenn wir draußen sitzen können, vielleicht im Zeit-Café?" „Nett von Ihnen", lachte ich ihn an. „Kommen Sie dann eben mit?" Er stellte die Tasche einfach hinten aufs Rad, hielt sie fest, ich steuerte, sogut ich konnte, auf den Haupteingang zu. Am Café nahm ich die Tasche und überließ dem Fremden das Rad. „Wir können doch sicher da sitzen und das Fahrrad bei uns haben, oder?"

„Ja, sicher. Ich verstehe die Stadtverwaltung nicht, die nicht in der Lage ist, mehr Fahrradständer anzubieten. Hinten, am Breslauer Platz sind sie immer noch nicht fertig. Das geht doch nicht!"

Ich stimmte zu, nahm die Tasche auf: „Bin gleich zurück, finden Sie einen netten Platz für uns."

Meine Tasche war ziemlich sperrig. Ich verteilte die Sachen mehr in die Höhe, damit ich die schmale Kammer gut ausfüllen und das Teil nicht an den Seiten hängenbleiben konnte. Geld und Papiere steckte ich in meine Umhängetasche. Vorsichtshalber buchte ich das Fach für 24 Stunden. Geld sollte keine Rolle spielen. Als ich aus der Hocke hochkam, merkte ich, wie eine weitere Last von mir abgefallen war.

Mein Fremder saß gelassen in der Sonne, als ich zu ihm trat und mir einen Stuhl zurechtrückte.

„Na, alles okay?"

Freudestrahlend bedankte ich mich. „Jetzt genehmigen wir uns einen, was immer Sie wünschen. Heute ist doch Vatertag!"

Er lachte mich an. Nun erst konnte ich ihn betrachten, was ich ohne Hemmungen fertigbrachte. Er spürte das.

„Ich bin gerade aus Bonn gekommen, kenne in Köln kaum jemanden, einfach so in die Bahn gestiegen, und da bin ich."

„Und ich habe lange in Köln gelebt. Ich habe die letzten Tage auf dem Campingplatz in Rodenkirchen verbracht", erzählte ich. „Aber das hat nun abrupt vorerst ein Ende gefunden. Darüber freue ich mich sehr!"

Er sah mich neugierig an.

„Sie fragen sich sicher, wieso ich dann mit Fahrrad und Gepäck hier unterwegs bin?"

Ich sah auf unseren Tisch, und ich sah einen Kellner vorbeilaufen. Auf seinem Rückweg sprach ich ihn an: "Wir möchten gern bestellen."

Er sah meinen Begleiter an. Der sah mich an. Ich machte fröhlich den Anfang.

„Wir könnten zur Feier des Tages einen Champagner trinken. Sie sind mein Gast, wenn Sie das mögen. Es ist Ihre Wahl."

Er staunte, strahlte und stimmte zu: "Gern, ich wäre dumm, wenn ich das nicht annähme."

„Genau. Herr Ober, bitte einen schönen trockenen Champagner für uns."

Ich rückte auf dem Stuhl herum, bis ich die bequemste Position gefunden hatte. Ich spürte, wie ich mich immer mehr entspannte. Meinem Begleiter ging es ebenso.

‚Seltsam, dass ich das bemerke', fiel mir ein.

Der Kellner war sehr beschäftigt. Es dauerte eine Zeit, bis er endlich an unseren Tisch kam. Alles war perfekt, die Gläser, der Champagner, das Wetter, meine Begleitung, mein Entschluss, mein Leben. Wir stießen an. Solche Rituale waren nicht das, was ich gern hatte, aber heute war es einfach angebracht, weil es haargenau zu unserer Stimmung passte. „Auf diesen schönen Tag", brachte ich aus.

„Auf diesen schönen Tag, ungeplant umso schöner", ergänzte der Fremde. Ich machte mir nichts aus Champagner, warum aber heute doch? Es ergab sich, er perlte auf meiner Zunge, ich genoss das, einfach so dazusitzen. „Jetzt kommt mir das Leben auf einmal so leicht vor, dabei bin ich nicht angeheitert, sondern bei klarem Verstand."

Ich sah ihm in die Augen: "Verstehen Sie mich?"

„Ja, und nein. Es liegt ein Geheimnis zwischen uns, aber das stört nicht. Wir sind uns begegnet, Zufall oder nicht, Vorsehung oder nicht, darauf kommt es nicht an. Es ist Jetzt. Das Jetzt. Sehen Sie auf Ihre Uhr, ach, Sie tragen keine, dann sehen Sie auf meine Uhr, wie spät es ist. Aber sagen Sie es nicht laut. Warum nicht, fragen Sie sich? Es ist Jetzt. Nicht 16, nicht 17, nicht 17.15 Uhr, nein, es ist Jetzt. Das reicht, und das ist das Schöne an unserem Zusammentreffen."

Hotel, rechts Dom mit Treppe

Begegnung mit einem Fremden I

Ich war überrascht über diesen kleinen Ausbruch. Der Mann war auf dem richtigen Weg. Wenn ich doch nur auch dahin kommen könnte. Jetzt. Nichts weiter als das.

Ab und zu lächelten wir uns an, tranken den Champagner, sprachen kein Wort mehr. Da ich seit dem Frühstück nichts gegessen hatte, bemerkte ich, wie sich langsam der Hunger oder auch der Appetit oder beides bei mir ankündigten. „Ich glaube, wir sollten eine Kleinigkeit essen. Machen Sie mit?" „Gern, ich spüre auch die Wirkung des Champagners, nicht unangenehm, essen könnten wir schon etwas. Ich weiß allerdings nicht, ob es hier eine Speisekarte gibt. Da hilft nur fragen."

Er stand auf, ging ins Café, kam, mit einer Karte wedelnd, zu mir zurück. Mir gefiel, dass er keine Grenzüberschreitung begangen hatte. Grenzüberschreitung?

Ich fühlte mich so frei und ungezwungen wie seit Jahren nicht mehr. Es war Jetzt.

Es dauerte nicht lange, als wir in fremder Eintracht eine Tomatensuppe löffelten, zwei Baguettebrötchen langsam auseinanderbrachen und unseren Gedanken nachhingen. Jetzt. Obwohl die Sonne uns nicht mehr wärmte, blieben wir auf unseren Plätzen. An den anderen Tischen wechselten die Reisenden, hielten sich nur kurz bei einer Tasse Kaffee oder einem Espresso auf.

Es wurde kühler, Wolken kamen auf. Durch die Eingänge zum Bahnhof quälten sich zunehmend Männergruppen aneinander vorbei. Es wurde lauter. Wir sahen in müde Gesichter auch jüngerer Männer, hörten hin- und hergeworfene Wortfetzen. Flaschen mit Alkohol kreisten. In meinen Gehörgängen verschmolzen alle Geräusche zu einem zähen Brei. Ich richtete mich auf, wie um mich erneut zu konzentrieren und den Faden wiederzufinden, der sich, uns abschirmend, um uns gelegt hatte. Aber diesen Faden fand ich nicht oder es gab ihn nicht mehr. Stattdessen blickte ich meinem Gegenüber direkt in die schönen Augen. In meinem Blick muss wohl Erwartung gelegen haben. Er setzte an: "Und was nun?"

Oh Gott, diese Frage kam aus einem mir unbekannten Versteck. Ich versuchte unter der Wirkung des Champagners eine Logik für meine erforderlichen Worte zu konstruieren.

„Was ist mit Ihnen", kam nun die über den Tisch geschobene Frage unverhofft. „Ich sitze hier vorm Kölner Hauptbahnhof, den ich Tausende Male zuvor betreten und wieder verlassen habe. Menschen hasten an mir vorüber. Der Alkohol hat ein Netz um uns gelegt, das nun dabei ist löchrig zu werden."

„Im Netz waren wir gefangen? Das fühlte ich gar nicht. Ich sitze hier mit Ihnen, uns verbindet etwas, was unaussprechbar ist wegen fehlender angemessener Worte. Seien wir mutig doch!"

„Ich möchte ein Paddelboot erwerben."

Er lachte mich an oder aus, das wusste ich nicht zu deuten. Sagte nichts weiter als „heute noch?"

„Wird das nicht möglich sein?"

Er stützte die Ellenbogen auf den Tisch.

„Dürfte es ein gebrauchtes sein und könnten Sie nicht einen Tag warten?"

„Dann ist der Vatertag vorbei."

„Sie könnten ihn verlängern, indem Sie Ihren Kalender ändern."

„Stimmt, es ist einfach eine Frage der Definition. Also ist morgen auch noch Vatertag!"

„Lassen Sie uns im Bahnhof ein wenig Brot, Käse und Wein besorgen, eine Zeitung auch, und dann suchen wir in Bahnhofsnähe ein Hotelzimmer." Ich hörte, wie seine Worte auf meiner Zunge wie Brausepulver prickelnd zergingen. Er sah mich neugierig an, aber so, dass es mir klar war: er hatte mich erkannt. Nichts war ihm entgangen.

„Wir könnten morgen Vormittag in Bonn nach einem Boot Ausschau halten. Vielleicht habe ich eine Idee." Pause.

„Es darf ein gebrauchtes sein, gern sogar. Ich benötige es für einen bestimmten Zweck. Zwei Paddel sollten auch dabei sein."

Keine Frage mehr, also auch kein Problem. Ich sah erst mein Fahrrad an, dann den Mann.

„Das Rad bringen wir im Hotel unter. Geben Sie mir die Karte für das Schließfach, dann kann ich schon mal Ihre Tasche holen."

Ohne zu zögern zog ich die Karte aus meinem Portemonnaie und reichte sie ihm. Mein Blick folgte ihm ins Bahnhofsgebäude.

Ich gab einer Kellnerin ein Zeichen, dass ich zahlen wollte. Sie beugte sich verschwörerisch zu mir herunter, fragte leise: "Kennen Sie den jungen Mann?"

Ich nickte bejahend.

„Könnten Sie es bewirken, dass ich ein Autogramm bekomme? Dann hole ich schnell mein Buch. Ich warte schon so lange auf eine Gelegenheit, traute mich aber bislang nicht."

Schon war sie zurück und drückte mir ein Buch in die Hand. „Wissen Sie, er ist manchmal hier, aber auch meistens recht schnell wieder fort."

„Sind Sie morgen früh hier und wenn, ab wann?"
„Mein Dienst beginnt um 8.30 Uhr, um 9 öffnen wir."
„Das passt, dann gebe ich Ihnen das Buch signiert zurück."
Sie schien enttäuscht, besann sich aber. „Gut, danke, dass Sie das für mich tun." Ich lächelte sie an. Wie schön, dachte

ich, und wie einfach kann es sein, jemandem einen Gefallen zu tun.

Kaum hatte ich gezahlt und das Buch in meiner Umhängetasche verstaut, sah ich ihn aus der Bahnhofshalle kommen. Er lächelte mir zu, als habe er soeben eine Prüfung bestanden. Eine Welle der Zärtlichkeit erfasste mich. Ich wurde rot und musste all meinen Mut zusammennehmen, um ihn anzusehen. Er war weder mein Sohn, noch mein Liebhaber, warum reagierte mein Körper auf diese Weise. „Danke, hängen wir die Tasche über den Gepäckträger. Ich befestige sie mit den Gurten." Die suchte ich umständlich in meiner Umhängetasche, um Zeit zu gewinnen. Als ich sie fand, half er mir wie selbstverständlich.

Dann deutete er eine kleine Verbeugung an.

„Danke für die Einladung".

Einen Moment kamen mir Zweifel, ob er die Rechnung für das Café meinte oder gar …

Ich fand mich unmöglich, als mir plötzlich einfiel, dass ich ihm kein Geld für das Schließfach mitgegeben hatte. Ich kramte nach meinem Portemonnaie.

„Wie viel haben Sie für die Auslösung meiner Tasche ausgelegt? Das hätte ich beinahe vergessen."

„Das dürfen Sie, ist schon in Ordnung." Aus meiner noch geöffneten Tasche sah mir das Buch entgegen. Ich zog es heraus und nahm es bewusst in die Hand. Er sah mich fragend an.

„Ich glaube", lächelte ich, „Sie haben einen weiblichen Fan."

Da ich noch keine Zeit gehabt hatte, in das Buch zu sehen, holte ich es jetzt nach, sehr zu seiner Verwunderung. Ich fühlte, wie er mich beobachtete. Vielleicht ging er nun davon aus, dass ich ihn bereits kannte, ihn und sein Buch. „Fluss-Landschaften im Emsland" von Malte Focken.

„Malte, warum haben Sie mir nicht erzählt, dass Sie ein Nordlicht sind? Von allein wäre ich nicht darauf gekommen, da Sie ein so sauberes Hochdeutsch sprechen". Er lachte.

„Naja, mein Vater war Bundesbeamter in Bonn, als Bonn noch Hauptstadt war. Ich bin nach dem Abitur dahin verschleppt worden und dann dort hängengeblieben."

Er schüttelte den Kopf. „Das klingt jetzt schicksalhaft und passiv. So war es jedoch nicht. Ich habe in Bonn studiert, während meine Eltern weiter gezogen sind nach Berlin. Ich war und bin häufig in meiner Heimatstadt Leer. Auch das Emsland und die Inseln kenne ich gut. Ich fotografiere gern, und ich schreibe öfter mal ein Buch. Aber nun klären Sie mich bitte auf."

Ich deutete ins Café, in das die Kellnerin gerade mit beladenem Tablett eintrat.

„Sie ist es, die Sie erkannt hat, und sie wollte schon lange eine Widmung von Ihnen. Sie bat mich darum im Glauben, ich wisse von dem Buch."

Er lachte wieder auf seine natürliche Art, ohne Effekthascherei.

„Geben Sie es mir, ich gebe ihr das gewünschte Autogramm und dann verschwinden wir von hier." Als ich ihm das Buch in die Hand drückte, fiel mir ein, dass wir ja noch nichts eingekauft hatten. Ich wartete, bis er fertig war, ins Café ging, kurz mit der Kellnerin sprach und dann fröhlich wieder vor mir stand. Er gefiel mir.

„Malte, ich bin Anna, das sage ich, damit ich keinen Wissensvorsprung mehr habe."

„Klingt gut, Anna", lachte er mich verschwörerisch an. „Jetzt schiebe ich mal das Rad. Ach, wir wollten ja noch einkaufen gehen!"

„Daran habe ich eben auch gedacht und es dann genauso schnell wieder vergessen. Sollen wir oder sollen wir nicht?"
„Weißt du, es gibt im Hotel auch die Möglichkeit etwas zu essen und einen Wein werden wir dort auch finden, was meinst du?"

Ich fand die Idee viel besser und nickte zustimmend.

„Was hältst du von IBIS, Anna, rechter Hand hier am Bahnhof? Wird nichts Tolles sein, aber ich denke, es ist ordentlich?"

„Ich habe dort noch nicht gewohnt, kenne es nur vom Hörensagen."

„Gut, dann haben wir es nicht weit mit dem Rad und dem Gepäck durch die Menge."

„Also los dann, ich kläre erst einmal die Sache mit dem Rad!" Das Rad wurde in einen kleinen Raum verfrachtet, in dem einige Koffer standen. Ich schloss es ab. Ich sah Malte am Tresen stehen und einen Schlüssel entgegennehmen. ‚Er hat mich gar nicht gefragt', dachte ich eine Minisekunde lang. Ich ging auf ihn zu.

„Das ging aber schnell", mehr wusste ich nicht zu sagen, ob unpassend oder nicht.

„Wir sind doch hungrig, oder?"

Genau in diesem Moment fiel mir Pawlow ein, worüber ich mich kurz ärgerte.

„Ja, und wie", flüsterte ich ihm verschwörerisch zu.

„Wir können noch von der Abendkarte aufs Zimmer bestellen. Was findest du besser? Ich schlage vor, wir suchen in Ruhe etwas aus und ordern dann in Unruhe?"

Ich war beschämt, ohne dass der Mann einen Anteil daran hatte.

Wie hatte es dazu kommen können, dass ich nicht einmal mehr auf kleine Wortspielereien eingehen konnte. Etwas, was mir früher so gewöhnlich war und Spaß bereitet hatte. Ich wollte ehrlich bleiben, nun, da ich einmal auf dem Weg war, dachte ich.

Pawlow traf kein Verschulden, denn ich hatte mich nicht gewehrt, wenn er mich Zug um Zug meiner alltäglichen kleinen Freuden entwöhnte und mit seinen lauten bestimmenden Worten alles über den Haufen rannte, was für ihn zu weit weg oder nicht der Mühe wert war. Mit seiner Besitz ergreifenden Stimme übertönte er gleich den geringsten Ansatz zu einem Wunsch, einer Bitte, einem Vorschlag. Ich sollte mich für das interessieren, womit er seine Freizeit füllte. Essen, Trinken, Schlafen, Wohnmobil und Joggen. Auf alles hatte ich mich eingelassen, unmöglich, dem penetranten Willen dieses Mannes zu entkommen. Bis jetzt, bis heute. Plötzlich war mir gegenwärtig, dass ich erst heute Vormittag aufgebrochen war und mich schon am Abend in einer neuen Welt wiederfand, ohne viele Kilometer Abstand, und doch im Geiste so unendlich weit entfernt.

Malte hatte mich wohl eine Weile während meines Monologs angesehen, jedenfalls glaubte ich das an seinem nachdenklichen Blick zu erkennen, nachdem ich wieder in die Gegenwart zurückgekehrt war.

„Wo warst du gerade? Es geht mich zwar nichts an, aber es interessiert mich", gestand er.

„Das darf es auch", sagte ich mit Nachdruck. „Vielleicht später davon."

Er führte mich und das Gepäck in die obere Etage. Ein Hotel wie jedes andere, Sterne waren mir jetzt gleichgültig. Ich ging nicht gern ins Hotel, da ich nicht gern in Betten schlief, die von ständig wechselnden Körpern benutzt wurden, die sich auf Teppichböden wohlfühlten, die sich in all diesen Hotelketten ähnelten. Es gab eben Zeitgenossen, die diesem Wiedererkennungsmerkmal huldigten, das Vertrautheit zu beinhalten schien. Nicht für mich.

Begegnung mit einem Fremden II

Doch heute war ein besonderer Tag. Zwei Begegnungen mit fremden Männern, noch dazu mit sehr freundlichen und humorvollen, gut aussehenden, die anzusprechen ich ohne darüber nachzudenken gewagt hatte. Nun folgte ich einem von ihnen in ein Kölner Hotelzimmer. Mein Kenntnisstand über ihn war gleich Null, mein Vertrauen gleich Hundert, und über meine Erwartungen wollte ich mir keine Rechenschaft geben. Ich hätte beim besten Willen nichts dazu sagen können. Das war auch nicht notwendig, fand ich. Wenn das nicht reichte! Ein Rundblick von mir auf alles, was fest stand, installiert war oder sich bewegen ließ, was zu öffnen oder zu schließen war, Türen, hinter denen sich etwas verbarg oder die zu öffnen ich mich scheute: nichts war so interessant, dass es mich hätte beschäftigen können.

Meine Gedanken standen still, auch wenn das mein Nervensystem gar nicht zulassen konnte. Dann fiel mein Blick auf meine Reisetasche, die Malte abgestellt hatte. Ich bückte mich und öffnete den Reißverschluss. Meine Hand wühlte sich durch allerlei Gegenstände und blieb dann auf der Flasche ruhen, tastete weiter nach den Limetten.

In diesem Dämmerlicht, das ich erst jetzt bemerkte, konnte ich kaum noch die Dinge in meiner Tasche erkennen.

„Uns fehlt hellbrauner Zucker, Malte", sah ich zu ihm hoch, der mich fragend anblickte.

„Hellbrauner Zucker? Wenn das alles ist! Aber was essen wir außer Zucker? Lass uns einen Blick auf die Karte werfen, bitte, bitte, und dann bestellen."

„Nein, das machst du, ich sorge für das Getränk, und dafür fehlen mir Wassereiskugeln und ein hellbraune Zucker."

„Du bist sehr rätselhaft, wie du mit mir und meinem Hunger umgehst. Gnadenlos. Aber ich habe ja Humor und mache mich auf den Weg. Wo ist das Telefon? Oder sollte ich besser nach unten fahren? Gibt es etwas, was dir partout nicht schmecken könnte?"

„Weißt du was: mir ist alles recht heute. Meckern kann ich immer noch, hinterher." Er war bereits an der Tür, schüttelte ungläubig den Kopf und verschwand dann aus meinem Blickfeld.

Ich setzte mich auf einen der Sessel, blieb eine Zeitlang unbeweglich in derselben Position, bis ich erschrocken feststellte, wie wenig entspannt ich jetzt war. Ich ließ mich nach hinten fallen und atmete tief aus.

Wo war Paul jetzt, Pawlow, was machte er ohne seinen Hund? Suchte er mich, war er überhaupt schon zurück von seinem Vatertagsausflug in Köln. Würde er mich dann vermissen?

Eine Nacht ohne mich im Wohnmobil, das gab es doch gar nicht für ihn. Das war absurd. Er würde die Polizei einschalten, Spürhunde losschicken, seine sogenannten Freunde mobilisieren. Sie würden in die Stadt kommen, wenn sie die lichten Wäldchen am Rheinufer ergebnislos durchkämmt hätten. Mir wurde heiß, ich erschrak vor meinen Gedanken. Welche Macht hatte er doch über mich. Was sollte ich Malte erzählen, ohne zu lügen. Wie weit durfte ich mit der augenblicklichen Wahrheit herausrücken. Ich fragte mich ganz streng, ob ich überfordert sei und gab mir klar die Antwort. Und die lautete: nein!

Das Beste wäre, ihn, Pawlow, gar nicht wiederzusehen. Besser als ihn aus der Welt zu schaffen und dafür ins Gefängnis einzuziehen. Dass ich so etwas denken konnte, musste mit meiner Ausnahmesituation zusammenhängen. Und ich befand mich ohne jeden Zweifel in einer solchen. Diese erstreckte sich nun schon über mehrere Tage.

Doch jetzt war ich ohne Pawlow unterwegs in der Welt und ich spürte keinen Mangel. Alle Türen standen mir offen. Ich hätte nur durch sie hindurchzugehen oder auch stehenzubleiben. Schön langsam, der Reihe nach, wie es mir gefiele.

In diese Gedanken hinein klopfte es an der Tür. Ich sprang auf, lief hin, machte Licht, riss die Tür auf, sah Malte, zog ihn in den Raum und presste mich an ihn, der damit wahrscheinlich gar nichts anfangen konnte, mich dennoch schon umarmte, während er noch die Tür schloss und mich fragend anblickte.

Ich löste mich langsam aus seinen Armen, entfernte mich ein wenig, um ihm in die Augen zu sehen.

„Ich hatte gerade einige Phantasien", informierte ich ihn.

Er lächelte verschmitzt: "Davor braucht man doch keine Angst zu haben."

„Das hängt von den Phantasien ab, denke ich. Was gibt es gleich zu essen, und wo sind das Eis und der Zucker?"

„Sind schon auf dem Weg, glaube ich."

„Darf ich eben ins Badezimmer?"

Erstaunt drehte Malte sich zu mir um. „Warum fragst du mich das?"

Ich hatte darauf keine Antwort, sah ihn hilflos an.

„Ich muss noch viel lernen, glaube ich."

Er kam auf mich zu, nahm vorsichtig meine linke Hand auf, hielt sie an seine Wange und verharrte so. Ich war wie gelähmt und bewegte mich nicht. Gedankenfetzen flogen durch mein Hirn, ich wollte normal sein, nicht so zeigen, wie festgefahren mein Leben war. Ich wollte genießen können, dass er mir Sympathie entgegenbrachte. Wollte zeigen, dass auch ich fühlte, was neu für mich war. Fühlte, dass da ein Mensch war, der mich durch seine bloße Anwesenheit mit Energie füllte, von der ich kaum noch etwas geahnt hatte. Ich flehte innerlich darum, dass ich nicht etwas zerstörte oder ihn, Malte, verstörte, der unverkrampft die letzten Stunden mit mir verbracht hatte und das Beieinandersein jetzt fortzusetzen wünschte, wie ich auch.

Ich nahm die letzte Kraft zusammen, um nicht das Band zu lösen, das uns umfing.

Mit einem Mal war in mir nur noch Stille und Wärme. Ich spürte meinen Herzschlag und seine Wange, und plötzlich war ich imstande, diesen Zustand auszuhalten. Ich sah in seine Augen und versuchte ein Lächeln. Ich war ich, und das tat so gut.

Langsam löste ich meine Hand von seiner Wange. Sie war warm von ihm und von mir.

„Danke, Malte", das war alles, was mir einfiel.

Gerade als ich dachte, wie passend es wäre, wenn jetzt unser Abendessen hereingebracht würde, wurde an die Tür geklopft.

Malte nahm alles in Empfang, war sehr höflich, auf seine unkomplizierte Art, nicht übertrieben, sondern so, als wäre es das selbstverständliche Verhalten gegenüber Hotelpersonal. Ich bewunderte ihn. Es würde Jahrhunderte dauern, bis ich dazu fähig sein würde. Hätte ich ihm das erzählt, ich glaube, er würde mich auslachen. Was sollte man sonst damit tun, als darüber zu lachen.

Schnell verschwand ich ins Bad, schloss, obwohl ich das nicht geplant hatte, geräuschvoll die Tür. Was hatte ich hier gewollt? Ich wusste es nicht mehr. Ich sah in den Spiegel. Hatte ich je ein solches Gesicht gesehen und denken können, das sei meines, das sei ich?

Das musste Jahrhunderte her sein. Immerhin gelang es mir, mir zuzulächeln. Ich drehte den Wasserhahn auf und ließ etwas Wasser durch das Becken laufen. Wozu, wozu, fragte ich mich.

Ich atmete tief ein und wieder aus, noch einmal kurz ein und riss dann die Tür so heftig auf, dass ich einen Schmerz an der rechten Schläfe spürte. Warum musste das Ding auch nach innen aufgehen!

Malte sah mich erstaunt an und kam auf mich zu.

„Ist alles in Ordnung?"

Da stand ich nun mit meinem neuen Mut.

„Nein, alles ist vielmehr in Unordnung - geraten."

„Habe ich etwas damit zu tun?"

„Nein, außer mir niemand", log ich.

Malte nahm meine Hand und führte mich zu einem gedeckten Tisch.

„Gefällt dir, was du siehst, Anna?"

Statt auf den Tisch blickte ich in seine schönen blauen Augen. Blitzschnell fragte ich: „Sind auch das Eis und der hellbraune Zucker da?"

Er nickte lächelnd. Soviel Gutes war ich nicht gewohnt. Ich setzte mich endlich, nahm die Serviette, entfaltete sie. Hungrig war ich nicht mehr. Selbst der Appetit war weg. Malte saß mir gegenüber, viel zu weit weg. Aber genau in der Distanz, die es zuließ, mir ein komplettes Bild der Situation zu machen, in die ich hineingestolpert war in meinem Übermut. Übermut? War es nicht der Winkel in einer mir neuen Welt, in den ich hineintastete ohne die geringste Ahnung von dem, was mich erwartete. Was für andere Zeitgenossen ganz gewöhnlich zu sein schien, hielt ich für ein waghalsiges Unterfangen.

Er sah mich abwartend an.

„Malte, dass ich hier bin, mit dir hier bin, ist nur ein Schritt auf einem Weg, den ich gehen muss, bis zum Ende gehen muss, um zu überleben. Wenn ich morgen vielleicht das Boot haben könnte, dann wäre das ein weiterer, aber großer Schritt für mich."

Licht und Glas

Eine kleine Offenbarung – mein Plan nimmt Formen an

In meinem Gesicht schienen sich alle Züge zugleich und kreuz und quer in ihren Spuren zu bewegen. Der Mann tat mir leid. Wie konnte ich den Abend retten?

Da war er bereits aufgestanden, ratlos, kam auf mich zu, zog mich hoch, nahm mich in die Arme, sagte nichts. Strich mir über das Haar, drückte mich an sich. „Frau", sagte er, „das Rätsel in dir kann ich nicht lösen, will ich auch gar nicht. Wenn du sprechen möchtest, höre ich zu, wenn nicht, bist du doch trotzdem hier bei mir, in diesem Raum, in diesem Hotel, vielleicht im selben Bett. Wir sind uns fremd, aber wer weiß schon, auf welche Art?"

Er hielt mich leicht, ich hätte mich lösen können, tat es aber nicht. Er brachte mich zu meinem Platz zurück. „Was machen wir jetzt mit Zucker und Eis? Das kannst nur du wissen. "

Endlich gab es für mich etwas zu tun. Ich ging an meine Tasche, fragte nebenbei Malte nach einem Taschenmesser. Er hatte tatsächlich eines in der Jackentasche.

Ich bat ihn, mir die beiden Wassergläser anzureichen. Die Flasche mit dem Zuckerrohrschnaps und die Limetten sahen mich an wie Vertraute, Vertraute aus einer hinter mir liegenden Zeit in einer ebenso hinter mir liegenden Welt. Weit, weit weg.

Drei Limetten zerschnitt ich in Achtel, mit ihrer Schale, tat sie zu gleichen Teilen in die beiden Gläser, nahm einen längeren Löffel und drückte mit diesem die Achtel so gut ich konnte aus, dass der Saft im Glas hochstieg. Dann streute ich etwas Zucker in den Saft, nachsüßen konnten wir jederzeit, und verrührte ihn so gut es ging.

Malte sah mir zu. Das war sehr angenehm. Ich bat ihn, jeweils fünf Eiskugeln in die Gläser zu platzieren. Den Schnaps dosierte ich frei, dennoch maßvoll. Da saßen wir nun und rührten in den Gläsern. Das Aroma der Limetten unter dem Schnaps musste gehoben werden. Ich hielt den Löffel an die Nase. Ich glaube, die Mischung war mir gelungen. „Kennst du das?"

„Ich glaube, ja. Das ist wohl eine Art Modegetränk."

„Dann werde ich hören, ob es dir gefällt, was ich ab und zu trinke."

Er sah mich lächelnd an. "Ist das nicht gefährlich vor dem Essen?"

„Damit werden wir doch keine Probleme haben, oder?"

Ich freute mich, war jedoch ein wenig betrübt über die Unverbindlichkeit, die ich selbst hineingebracht hatte.

Wir tranken uns zu. Malte verzog sein Gesicht, als hätte er einen Schluck Essig genommen. Dann aber beruhigte er mich.

„Dazu gehören Sonne und Strand sowie nette Gesellschaft. Aber letzteres haben wir ja bereits, sonst säßen wir nicht hier."

Ich nickte, mehr konnte ich nicht zeigen.

Das Abend- oder Nachtessen verlief fast wortlos, ich hing meinen Plänen nach, und was Malte dachte, ahnte ich nicht einmal. Wozu auch.

Mir wurde kalt. Wir sahen nach der Heizung und drehten sie auf. „Soll ich uns noch ein Glas Caipirinha machen, Malte?"

„Ja, gern, es schmeckt erfrischend, auch wenn wir noch im Mai sind, finde ich."

„Ich trinke das zu jeder Jahreszeit", gab ich zu. Das musste sich schrecklich anhören, als sei ich abhängig.

Er lachte mich an. „Ich kann das auch zubereiten, wenn du mich lässt", bot er an.

„Gern, dann lese ich ein wenig in der Zwischenzeit." Da aber fiel mein Blick wieder auf meine Tasche, in der mein Nachtzeug und Zubehör lag. Ich hatte die Satzhälfte noch im Ohr: „...vielleicht im selben Bett." Es gab doch nur eines. Also würden wir tatsächlich im selben Bett schlafen. ‚Ja und', dachte ich, ‚warum auch nicht?' Wir waren doch keine Kinder mehr. Wenn das Paul wüsste, oh, was dann wohl passierte.

Überhaupt, Paul war so gut wie nicht mehr existent. Und das nicht erst nach einer Caipirinha. Er war wie weggeblasen. Das fiel mir jetzt erst auf. Es ging mir gut, ich war mit einem netten Menschen in diesem Hotelzimmer, ich würde mit ihm ins selbe Bett steigen. Wir würden sicher noch miteinander sprechen und den nächsten Tag anpeilen. Angst hatte ich nicht. Zurück wollte ich auch nicht. Ich durfte nur nicht von meinem Plan abweichen, dann wäre meine Ruhe dahin. Andererseits, so überlegte ich, würde ich diese Ruhe überhaupt haben können, wenn ich das zu erwerbende Boot einsetzte, wozu es gekauft worden wäre? Wer konnte mir Antwort auf diese Frage geben, ich nicht, Malte nicht, ein Pfarrer schon gar nicht. Wer dann? Ein Psychologe, rein theoretisch natürlich. Und wenn mir Zweifel kämen, was dann?

In dem Moment sagte Malte zu mir herüber: "Ich habe es geschafft, auch schon davon gekostet. Möchtest du es probieren? Klar möchtest du, ich sehe es an deinen Augen und an deinem Mund."

Ich stand auf, ging ihm entgegen. Er reichte mir das Glas, sah mir verschmitzt in die Augen, genauso, wie ich es jetzt gebrauchen konnte.

„Auf unsere Begegnung im Kölner Hauptbahnhof", sprach er ganz feierlich und stieß mit mir an. Ich sah ihn an mit Augen, die lange Zeit niemanden mehr auf diese Weise wahrgenommen hatten. Wie einfach das Leben sein konnte. Keine Schmerzen, kein Mangel, keine Fremdheit, nichts Falsches, keine Ausreden, keine kleinen Unwahrheiten. So hatte ich mir das Leben immer gewünscht. Ob ich träumen durfte, wenigstens diesen und den morgigen Tag noch?

Ich muss wohl ein ernstes Gesicht gezeigt haben, jedenfalls sagte Malte ganz leise zu mir: "Was geht dir durch den Sinn?"

„Dass ich in diesem Zustand sein darf, einfach da sein, einfach ich sein. Wie schön ist das."

Er nickte, als wisse er, wovon ich sprach.

„Auch mir ist es schon so ergangen, als ich bereits keine Hoffnung mehr am Horizont sah, und auf einmal war das Leben so leicht, so unfassbar einfach, überraschend neu."

Ich wollte das nicht, ich wollte diese Leichtigkeit nicht verlassen und auch nicht weiter darüber sprechen. Die Gefahr bestand, alles zu zerreden, zu analysieren. Das hatte ich früher mit Paul manchmal bis zur Perfektion betrieben. Zu einem besseren Leben kam ich dadurch nicht, vielmehr verharrte ich in meiner Einsamkeit. Ausweglos, schwarz und freudlos gesellte sich ein Tag zu dem nächsten. Anfangs suchte ich die Schuld bei mir. Jetzt aber wusste ich, ich wollte nicht rückfällig werden. Und doch krochen viele Fragen meine Kehle hoch: was wollte er von mir und ich von ihm? Nach wenigen Stunden waren wir uns recht nahe gekommen. War das die klassische Vorbereitung gewesen, vielleicht sogar die Eröffnung eines kleinen Abenteuers?

Ich stellte mir plötzlich vor, Pawlow entdeckte mich. Es war weder erschreckend noch ermunternd, so weit weg war dieser Mann im Augenblick, und auch so unwichtig. Obwohl mir keineswegs klar war, wozu ich fähig sein könnte mit dem Wunsch, mein Leben zu ändern, so wusste ich eines mit klarer Sicherheit: ich würde Pawlow einmal, ein letztes Mal begegnen müssen. Am besten schon am kommenden Tag.

Mein Monolog war wie aus der Zeit gefallen. Malte war anwesend und, zurückgekehrt ins Jetzt, setzte ich mich ihm gegenüber, der in einem meiner Bücher las und nicht aufblickte. So hatte ich die Situation durch kleine Gedankenschritte gut überbrückt.

Als Malte aufblickte, lächelte er mir zu.

„Ich habe eines deiner Bücher genommen, das durfte ich hoffentlich?" „Sicher."

„Ich habe mich gewundert, es bei dir zu finden: Über den Begriff und die Bedeutung von Angst."

Ich lachte. „Warum ist das so erstaunlich, dass ich es bei mir habe?"

Ein wenig verunsichert sah Malte mich an: "Du wirkst nicht so, als könne etwas oder jemand bei dir Angst auslösen."

„Malte, was weißt du von mir?"
„Ich weiß nur, was ich sehe."
„Aber ist es nicht gerade umgekehrt, sieht man nicht nur das, von dem man weiß, dass es existiert?"

„Das ist eine Umkehrung, die mir nicht bekannt ist." „Okay, ich sehe nur das, von dem ich weiß. Ich weiß von dir nur das, was ich wieder erkenne oder erkennen kann. Mein Gott, das stimmt, Anna. Also nur das, was mir aus der Vergangenheit bereits vertraut war. Das bedeutet, dass mir Menschen begegnet sein müssen, die auf mich ähnlich gewirkt haben wie du heute, die Ängste kaum kannten oder gar nicht." Ich konnte ein Lachen nicht verkneifen. Er sah mich etwas zerknirscht an.

„Malte, du bist auf dem richtigen Weg, soviel kann ich sagen."

„Bist du nun ohne Angst oder nicht?"

„Tja, vielleicht rede ich es mir immer wieder ein? Eines kann ich dir verraten und das ist vielleicht der Schlüssel, den ich dich dir reiche: Seit dem Tod meines jüngeren Bruder vor etwa elf Jahren konnte mich nichts mehr erschrecken, selbst mein eigenes Leben nicht. Bis gestern früh!"

Noch während ich den Satz zu Ende geführt hatte, war mir klar, dass ich log. Ich hatte Angst und habe Angst. Vor mir. Das ist das, was sich geändert hatte. Um Malte nicht weiter in die Irre zu leiten, stand ich auf.

„Ich bin müde, und du?"
„Halb und halb."
„Grund genug oder nicht, zum Zubettgehen?"
„Ja."
„Darf ich zuerst ins Bad?"
„Klar, du kommst bestimmt wieder heraus!"

Ich lächelte ihn an, packte meine wenigen Utensilien, öffnete und schloss die Tür zum Bad. Ein Blick in den Spiegel. ‚Werde ich auf diese Weise fortfahren können?' Ich brauchte dringend das Boot. Meine Augen sahen mir entgegen. Mein Blick verriet mich, würde es immer tun, was ich auch tat oder unterließ. Ich musste mit Malte am frühen Vormittag nach Bonn aufbrechen, ihm unterwegs die Bedeutung, die das Boot für mich hatte, erklären. Aber welche Version kam infrage? Da meine Idee nach meinen eigenen Kriterien noch unausgereift war, hätte ich sie in dieser Nacht in einen ausführbaren Plan umzuwandeln. Erst danach würde ich wissen, was ich anderntags an Malte weitergeben dürfte. Ich wurde traurig wegen der Geheimnisse, die ich um mich ausbreitete. Dabei wollte ich lediglich Klarheit. Klarheit für mein Dasein, endlich!

Ich drehte die Dusche auf und wusch mich, mein Haar sollte trocken bleiben, trocknete mich zügig ab. Etwas Nachtcreme auf die Fingerspitzen und dann ins Gesicht. Das war alles. Hinein in den Pyjama. Woher kam diese Bezeichnung für Nachtwäsche? Ich hatte einmal gelesen, dass die Wurzel dafür in Indien zu finden war, aus der Kolonialzeit. Egal, ich klopfte an die Tür, bevor ich sie öffnete. Malte sah mich lächelnd an.

„Schnell bist du. Muss ich jetzt da hinein?"

Ich setzte mich auf das blaugraue Sofa. Die Polsterung war noch straff. Ich wies mit der Hand zum Bad.

„Punkt zwölf, es ist an der Zeit. Ich mache es mir im Bett bequem."

Malte, der außer seinem Portemonnaie nichts mit sich führte, war flinker als ich. Gerade hatte ich mir die linke Bettseite als die meinige ausgesucht, da stand er bereits im Raum. Noch aufrecht sitzend, betrachtete ich ihn.

Er trug nur eine knappe schwarze knappe Unterhose, wie ich blitzschnell registrierte. Wie selbstverständlich setzte er sich auf die rechte Bettkante. Ich lachte, erst lautlos, dann mit kleiner Stimme, immerhin.

„Was ist?"

„Wir sitzen hier wie ein Ehepaar. Gleich kommt ein Fernsehteam und fragt uns nach Woher und Wohin. Ganz schön komisch."

„Du phantasierst."

„Warum sollte das nicht möglich sein? Es gibt absurdere Situationen." Im selben Moment klopfte jemand an die Tür. Wir sahen uns an.

Ich flüsterte: „Machst du auf, bitte, ich bin im Schlafanzug und verschwinde ins Bad."

Malte wies auf seinen Slip, ich zog die Schultern hoch und machte die Badezimmertür hinter mir zu.

Es gab nur einen kurzen Wortwechsel in einer Lautstärke, die der Uhrzeit angepasst war.

Ich öffnete die Tür einen Spalt, sah Malte allein im Raum. Er hielt ein Stück Papier in den Händen, mit dem er mir wortlos entgegenkam.

Auf dem Papier stand mein Name. Ich faltete es auseinander und erschrak. Eine mir unbekannte Schrift, ein Satz: „Ich weiß immer, wo Du bist. Und ein Boot habe ich schon gekauft! Paul."

Fragend sah ich Malte an, gab ihm dann das Papier.

„Hast du mich unter meinem Namen angemeldet im Hotel?"

Erstaunt antwortete er: "Nein! Ich kenne doch nur deinen Vornamen, Anna."

„Aber wie, wie kann er wissen, dass ich hier bin mit dir?"

Malte packte mich an den Schultern, sah mir fragend in die Augen. „Von wem sprichst du?"

„Von Pawlow, nein, von meinem Mann Paul. Ich nenne ihn aber Pawlow, wenn ich an ihn denke. Er wollte heute Vatertag feiern in Köln, obwohl er kein Vater ist. Am Vormittag ist er fortgegangen. Das heißt, mit dem Rad ist er weg."

„Oh", sagte Malte, als hätte ich ihm gerade gestanden, meinen Pyjama vergessen zu haben.

Ich staunte. „Das ist alles, was du dazu sagst?"

Er lachte mich an. „Kommt jetzt ein Drama?"

Nun musste auch ich lachen. „Und wenn er es auch weiß, es ändert nichts."

„Ändert was nicht", fragte Malte.

„Mein Verhalten, meine Pläne, kurz gesagt, mein künftiges Leben."

„Dann ist ja soweit alles in Ordnung."

Er legte sich ins Bett und machte eine auffordernde Handbewegung, es ihm gleichzutun. Ich war ein wenig beunruhigt wegen seiner Reaktion. Es beeindruckte ihn überhaupt nicht, dass mein Ehemann auf diese Weise ins Spiel kam. Er schien ein dickes Fell zu haben. Oder war es Gleichgültigkeit? Das wollte nicht so recht passen zu seinem bisherigen Verhalten.

Es dauerte nur kurze Zeit, da lagen wir nicht mehr, sondern saßen im Bett, dicke Kopfkissen machten es möglich. Ich war noch mit meinem Kissen nicht einig, wie es zu einer optimalen Stütze werden könnte. Fast zeitgleich sahen Malte und ich uns an, dann lachten wir beide lauthals los.

„Was ist nun eigentlich so komisch, dass wir nicht schlafen wollen, sondern aufrecht im Bett sitzen", fragte er mich. „Vielleicht liegt es daran, dass wir von einander nicht wissen, wie viel Platz der andere benötigt."

„Das wird sich schnell zeigen. Das ist es nicht. Aber was erwartest du von mir?"

„Witzig, diese Frage habe ich mir schon vor Stunden gestellt. Aber die Antwort kenne ich immer noch nicht. Schlafen wir doch einfach. Und morgen früh, recht früh, essen wir ein Brötchen und fahren nach Bonn, um nach einem Boot zu suchen."

Malte wandte den Kopf, als suche er etwas bei mir in meinem kleinen Bettbereich.

„Dann ist das mit dem Boot wirklich ernst gemeint, auch wenn dein Mann schon eines gekauft hat?"

„Ja, was, wie, habe ich einen Witz gemacht?"

„Gut, ich habe dir vorgeschlagen, morgen danach zu sehen, in Bonn. Dabei kann es bleiben. Dann habt ihr vielleicht zwei Boote. Aber das geht mich ja nichts an."

Er sah mich fragend an: „Erinnerst du dich nicht an den Zettel, der vorhin hier abgegeben wurde? Wir müssen von hier nur in den nächsten Zug springen."

‚Was mache ich dann mit meinem Rad', fiel mir plötzlich ein. Es war wohl doch keine so schnell umsetzbare Idee. Allerdings hatte ich lange genug über mich nachgedacht, so dass ich nicht befürchtete, keine Lösung zu finden.

„Mein Fahrrad bleibt solange hier im Hotel. Ich kann anbieten, dafür zu zahlen."

Malte schien nichts daran merkwürdig zu finden, nickte zustimmend. Er sah auf seine Uhr, dann mich an. Wir frühstücken besser am Bahnhof, finde ich. Und jetzt schlafen wir brav ein." Wie auf Kommando richteten wir unsere Kopfkissen auf Schlaf ein. Fremd, aber fast Kopf an Kopf lagen wir. Zunächst auf dem Rücken.

‚Komisch', dachte ich, ‚ich bin ganz locker, werde gleich gute Nacht sagen, schön schlafen und morgen früh aufstehen, als wäre das eine Nacht wie alle gewesen, nur entspannter.'

Irgendetwas passte nicht. Aber was? Was denkt der Mann jetzt? Was sollte er denn denken? Ging es immer nur um Klischees? Abseits davon traf man doch erst auf das wirkliche Leben! Ich hatte nie darüber nachgedacht. Ich registrierte atemlos, was mich wunderte, eine Bewegung neben mir.

Ich drehte den Kopf nach links und blickte in Maltes Lächeln. Ich hatte nicht bemerkt, dass er dabei war, seine Rückenlage aufzugeben, die unverfängliche. Seine linke Hand kam über die Grenze, ich nenne die Linie mal so, obwohl es ein richtiges Doppelbett war mit nur einer Matratze. Seine Hand kam auf mich zu, sehr langsam, fast vorsichtig, und blieb während Maltes Drehung mit leichtem Druck auf meiner Schulter liegen, warm, leicht.

Ich blieb ganz still, atmete ruhig. Was musste ich tun, sollte ich tun, oder nicht tun. Ich lag da, sah ihn an, sah ihn lange Zeit an, es waren endlose Sekunden, ich spürte Spannung in mir wachsen, von lange nicht mehr erlebter Art, und als ich mir klar war, dass ich sie nicht mehr länger würde aushalten können, stützte ich mich langsam auf meinen linken Ellenbogen, dass Kopf und Oberkörper der Grenze sehr nahe kamen, und küsste Malte kurz und trocken auf den Mund, wie ich meinte, erwischte jedoch seine Nase und zog mich schnell zurück, um in meinem Kopfkissen zu versinken.

Malte lachte: "Du hast mich gekitzelt, Anna. War das deine Absicht?"

Jetzt fasste ich Mut und setzte mich auf, dreht mich zu ihm um, berührte mit dem Zeigefinger meiner rechten Hand ganz flüchtig seine Oberlippe. Er hielt still, sah mir in die Augen.

Dann hörte ich wie unter einer Glocke, denn im Innern pochte es so laut, dass ich dachte, er müsse das hören können, wie unter einer Glocke seine Stimme: "Anna, das muss ich ja sagen, du machst mir Angst."

„Angst sagst du, wieso?"

Nun war er es, der sich aufrichtete, die Kissen zurechtrückte. Ich sah ihn erwartungsvoll an. Er strich sich über den Mund, an der Stelle, wo mein Finger eben noch kaum die Berührung gewagt hatte. Ich sah ihn weiterhin nur an, ohne Reaktion, ohne ein Wort im Hinterkopf, einen Gedanken, der sich nähern wollte. Es gab nur die Stille und das Lauschen auf eine

Erklärung, zu der er sich offenbar viel Zeit lassen musste. Da kam nichts. Ich war beschämt und der Meinung, etwas getan zu haben, was mir nicht zustand.

„Eigenartig, dieses Gefühl", sagte er leise. „Das kenne ich nicht. Denn, Anna, was ich dir sagen muss, ich habe keinen engen Kontakt zu Frauen. Schon lange nicht mehr."

Das war eine Aussage, die mir recht schnell klarmachen sollte, dass er sehr allein war, so sicher war ich mit meiner Interpretation. ‚Wir sind Genossen', dachte ich fröhlich, ‚Freunde in der Einsamkeit'.

Bevor ich diesen Gedanken reifen lassen konnte, wurde ich aufgeschreckt, und durch den einen Satz, dessen Bedeutung mich durchzuckte wie ein Blitz, der nur mir gelten konnte, wem sonst, fiel ich in die Realität zurück. „Meine liebe Anna, ich bin schwul."

Auf dieses Geständnis fiel mir keine Pose ein, die einigermaßen passend gewesen wäre. stattdessen sah ich ihn lächelnd an: „Das ist doch nicht schlimm und auch nicht schrecklich."

Dann fühlte ich zu meiner Verwunderung, dass Tränen salzig in mir hochstiegen. Ich ließ sie laufen, unternahm keinen Versuch, sie zu entfernen oder zu hemmen. Das übernahm Malte. Ich lachte unter Tränen, befreit und gleichzeitig traurig. „Und ich glaubte, ich wäre nicht offensiv genug und wusste nicht, was du an diesem Abend erwarten würdest. Das machte mich unsicher."

„Und nun?" sagte Malte.

Ich schniefte: „Nun habe ich vielleicht einen Freund gewonnen, oder?"

Malte traute sich in meine Betthälfte, und obwohl wir uns bereits im Frühling befanden, kuschelten wir uns in dieser Nacht zusammen, als frören wir. Mir wurde so wohlig warm, wie es seit Jahren nicht gewesen war. Das dauerte so lange, bis ich an Pawlow denken musste und an meine traurige, aber notwendige Aktion.

Das Schlimmste daran war, ich hatte Schweigen zu bewahren, was mir in dieser für mich glücklichen Stunde ein großer Wermutstropfen war. Ich hätte es auch nicht übers Herz gebracht, Malte auf irgendeine Art mit in meine Privatangelegenheiten hineinzuziehen. Nur das Boot, das war das einzige, worauf ich aus war mit seiner Unterstützung. Ich war meinem Ziel ein großes Stück nähergerückt.

Ich muss wohl bald eingeschlafen sein. Ich träumte von einem Moment im Hotel, als mir ein Papier zwischen die Finger flatterte, vom Wind durch das halboffene Fenster getragen. Darauf stand ein Satz von Pawlow, in blutroter Schrift, er wisse, wo ich sei und ein Boot habe er auch gekauft.

Am Morgen weckte mich Malte und war fröhlich. Ich ließ mich von seiner Stimmung gern anstecken.

Auf dem Nachtkästchen lag ein Fetzen Papier, heimlich griff ich danach. Wie konnte ich den Text geträumt haben? Aber wo war das Rot der Buchstaben hin. Ich schämte mich vor Malte. Ich konnte ihm doch nicht meinen seltsamen Traum erzählen. Das war ja wie Hellseherei.

Wir verließen das Hotel, das Fahrrad sollte für einen oder zwei Tage dort bleiben. Im Hauptbahnhof frühstückten wir und fühlten uns wie Freunde und Verbündete.

Doch etwas war fremd, nämlich dass mich Malte manchmal von der Seite musterte, als wäre eine wesentliche Frage offen oder als gäbe ich eine Antwort, die mit der Frage nichts zu tun haben würde.

Blüte einer Orchidee - wer besiegt hier wen?

Kein Boot - ein Abschied

Wir lösten Tickets für die S-Bahn nach Bonn. Die Fahrt würde zwar länger dauern als mit dem Zug, aber wir wollten weg von Köln und die S-Bahn fuhr in wenigen Minuten ab. Malte ohne und ich mit leichtem Gepäck fanden an diesem Freitagmorgen sogar Sitzplätze. Die Sonne schien, die Fensterscheiben der Bahn waren so gut geputzt, dass es sich lohnte, hinauszusehen.

„Wo werden wir aussteigen?" Ich hatte mit Malte noch nicht konkret über den Ablauf unseres Vorhabens gesprochen, als ich plötzlich mit Schrecken die Ansage der nächsten Station, nämlich ‚Rodenkirchen' vernahm.

Automatisch suchte ich den Bahnsteig ab nach dem einen bekannten Gesicht. Ich schloss erleichtert die Augen, sah aber Pawlows Gesicht vor mir, sprachlos und mit Unverständnis blickte er mich an.

Malte hatte nichts gemerkt, fragte nur, ob ich müde sei, und holte mich damit in die Realität zurück, woraufhin Pawlow umgehend wieder verschwand.

„Wir steigen am Hauptbahnhof aus, gehen kurz in meine Wohnung und fahren dann mit meinem Wagen weiter nach Bad Godesberg. Ich muss nur vorher Wolfgang anrufen. Der weiß ja noch nichts von seinem Glück, vielleicht das Boot verkaufen zu können, das doch nur noch unbenutzt bei ihm herumliegt."

Mit einem Mal interessierte mich das Thema nicht mehr, so gleichgültig reagierte ich innerlich auf Maltes Worte. Ich war doch müde! Müde, wie man plötzlich wird, wenn man sich bewusst macht, dass ein Berg vor einem liegt, über den man zu gehen hat. Einen beschwerlichen Weg, einen Weg vielleicht, dessen Schwierigkeitsgrad nicht einzuschätzen ist, der aber begangen werden muss, damit das Ziel, das dahinter liegt, endlich erreichbar werde.

Ich war wie in Trance, stieg mit meinem Begleiter aus, vergaß sogar meine Umhängetasche, die Malte wohl eher zufällig auf der Sitzbank hatte liegen sehen. Er konnte sie gerade noch vor Abfahrt der Bahn herausholen.

Er sah mich an. „Was geht hier vor?"

„Ich stehe inmitten einer langen Geschichte, deren Ausgang mir vor Augen schwebt, aber das Ende ist noch sehr, sehr weit entfernt. Ich kann unmöglich darüber sprechen, obwohl ich es gern täte, Malte", erklärte ich ihm, eher unzureichend, was mir durchaus klar war. Und ungerecht obendrein, denn was sollte der Mann damit anfangen. Dann suchte ich mein Portemonnaie, fand es, fand auch meine Visitenkarten und reichte Malte zwei davon.

„Zwei sind besser, dann darfst du eine verlieren. Sie sollten aber getrennt aufbewahrt werden."

Malte sah mich wieder etwas irritiert an. „Du hast es eilig, stimmt's?"

Ich verneinte ohne Worte. Was sollte ich ihm sagen, ich hatte keine Ahnung von dem, was alles geschehen könnte in den nächsten Tagen. Außerdem war es doch harmlos, jemandem seine Karte zu übergeben.

Malte nahm die Tasche endgültig an sich, und wir machten uns auf den Weg.

„Wir sind bald da. Die Tasche können wir in der Wohnung lassen, wenn du zustimmst oder auch in meinen Wagen legen. Ich wohne nicht weit vom Bahnhof entfernt. Kennst du den Kaiserplatz?"

„Ich kenne kaum etwas außer der Museumsmeile, wo ich einige schöne Konzerte gehört habe, zum Beispiel Van Morrison, als ich ihn noch mochte. Einmal aber hat sich dieser komische irische Vogel so verhalten, dass er sein Programm abspulte, als wenn es gar kein Publikum um ihn herum gäbe. Nicht ein Wort verlor er an uns. Danach bin ich nicht mehr hingegangen. Es gibt auch bessere als ihn."

„Oh, ein hartes Urteil, Anna, vielleicht hatte er einen schlechten Tag, kann doch mal vorkommen, oder?"

„Stimmt, aber es ist eben vorbei. Da fällt mir ein, einmal war ich auch in einem Theater, wo diese tolle Sängerin von den Kapverdischen Inseln auftrat, ihren Namen weiß ich nicht mehr. Eine Frau, die immer barfuß auf der Bühne steht. Ihr Portugiesisch ist so ganz anders, als ich es aus Portugal kenne, viel weicher, sehr sympathisch."

Malte deutete mit dem Arm die Richtung an.

„Wir müssen nur noch diese Straße überqueren, dann sind es noch etwa 200 Meter."

Er hielt mich am Ellenbogen fest, ich blieb ruckartig stehen, war in Gedanken versunken gewesen.

„He, wo bist du, Anna? Wir wollen doch heil ankommen."

„Entschuldige bitte, Malte, ich dachte gerade daran, dass wir uns kaum kennengelernt haben und schon geht jeder wieder in seine Richtung."

„Genau das hast du eben tun wollen, aber so weit ist es doch noch nicht, sieh mal, dort wohne ich."

Wir standen vor einem Haus aus der Gründerzeit, er stellte die Tasche kurz ab, um den Haustürschlüssel aus der Hosentasche zu fischen, schloss auf. Wir betraten ein geräumiges Treppenhaus mit alten mattgelben Wandfliesen und grünen Ornamenten, die hölzernen Treppenstufen waren durch unzählige Füße weich ausgetreten. Wir stiegen ins Hochparterre, und wieder öffnete Malte eine Tür und hieß mich eintreten.

Ich liebe diese alten Häuser mit den hohen Geschossdecken, ich kannte sie aus Köln. In den letzten Jahrzehnten wurde viel Geld für Restaurierung und Renovierung in die Hand genommen.

Ich betrat die Diele, sagte nichts, da ich fürchtete, dass aus meinem Mund nur Blödsinn herauskommen könnte. Mein Zustand war der zwischen Tag und Traum.

Es war nicht meine Absicht, mich auf diese Weise zu zeigen, doch alles andere wäre Theater gewesen.

„Setz' dich einen Moment", sagte Malte und deutete in einen Raum, den ich für das Wohnzimmer hielt. Ich blieb lieber stehen, ich brauchte Boden unter den Füßen.

Was kam jetzt alles auf mich zu. Und wo steckte Pawlow? Ich kam nicht umhin, ihn noch einmal zu sehen, auch wenn ich inzwischen den Plan eines gemeinsam zu nutzenden Bootes nicht mehr in meinem Kopf und schon gar nicht mehr im Herzen wiederfand. Was hatte ich mir nur dabei gedacht, Träumerin.

Ich hörte Malte telefonieren. Ich sah auf die Uhr. Mittag war vorbei. Von einem Boot war noch nichts zu sehen. Ich war die Nacht über nicht im Wohnmobil gewesen, und, was das merkwürdigste war, Pawlow hatte gewusst, wo er mich finden konnte. Was bedeutete das? War er hinter mir her, hatte er mich irgendwo gesehen, am Bahnhof in Rodenkirchen, am Dom, oder wo sonst? Ich hatte nicht genügend Phantasie, um eine Antwort zu finden. Es gelang mir nicht, mir vorzustellen, er interessiere sich für mein Tun. Ich hatte ihm keinen Anlass gegeben, mich zu suchen oder zu verfolgen. Was also bedeutete der Zettel im Hotel?

Ich muss ziemlich angestrengt ausgesehen haben, denn Malte, der ins Zimmer kam, fasste mich an der Schulter und versuchte mir in die Augen zu sehen. „Was bedrückt dich, Anna? Sollen wir die Bootgeschichte zurückstellen, oder möchtest du, dass wir etwas anderes tun, da du nun mal in Bonn bist? Ich habe Zeit für dich."

Ich nahm meinen Mut zusammen. „Können wir zu deinem Freund fahren und uns das Boot ansehen?"

„Ja, Wolfgang hat heute, wie viele andere Berufstätige, einen freien Tag genommen. Wir sind willkommen. Wie ich jetzt erfahren habe, ist es ein Kajak. Ob das überhaupt infrage kommt, müsste ich von dir wissen."

Mit einem Mal war ich hellwach. Ein Kajak, gern, aber ich wollte eigentlich ein kleines Paddelboot für zwei. Blitzschnell überlegte ich, wie ich es abwenden könnte, dass wir uns ein Kajak ansehen.

Intuitiv, plötzlich, ganz klar, sah ich Pawlow nicht in einem Kajak. Ich glaubte zu wissen, dass er nie in ein solches Boot einsteigen würde. Begründen konnte ich es nicht. Aber Malte hatte ja gefragt und ich wollte ihm die Antwort geben, bevor wir in Aktionismus verfielen.

Die Gedanken flogen in meinem Kopf hin und her, unsortiert wie lose Bänder, die verknüpft werden müssten, um etwas zu bedeuten. Was sollte ich dann noch hier in Bonn bei diesem Mann. Ich sah Malte an, und versuchte ihn als einen Fremden zu sehen. Das schlug fehl. Ich konnte ihm doch nicht erzählen, wie gern ich Pawlow loswerden möchte. Aber ich konnte ihn auch nicht belügen. Also war ich zum Schweigen angehalten. Ich sah Malte an, als hätte ich ein schlechtes Gewissen. War es nicht so?

„Malte, ich glaube, ein Kajak ist doch nicht das richtige. Ich bezweifle, dass (ich sah ihn immer noch an) mein Mann sich in ein Kajak setzen würde. Er kennt nur Ruderboote. Vielleicht noch ein Kanu."

„Macht nichts, Anna, es war ein Versuch. Ich kann das meinem Freund gleich mitteilen, dann können wir den Nachmittag vielleicht noch gemeinsam in Bonn verbringen, oder?"

Ich war erleichtert, ergriff seine linke Hand und küsste sie, indem ich schelmisch grinsend zu ihm aufblickte. Malte lachte, und der Bann war gebrochen. Er hielt eine ganze Weile die linke Hand dicht vor die Augen, nahm sie wieder weg und hielt sie wieder vor die Augen. Was sollte das werden? Ich war gerührt. Eine so kleine Geste war es doch gewesen, und ich hatte einen lieben Menschen damit überrascht.

„Nun übertreibe mal nicht, Malte, hast du noch nie einen kleinen Handkuss bekommen?"

„Ich und übertreiben? Das kommt nicht vor. Du verstehst es, mich zu verwundern, und das stimmt mich fröhlich und ich genieße das. Es ist nicht sehr alltäglich, und das weißt du ganz genau, meine Liebe."

„Und was stellen wir jetzt an? Ich wäre gern noch bei dir. Das Wetter ist schön, gibt es nicht einen Park in der Nähe?" „Ja, den gibt es. Das ist eine gute Idee. Dort finden wir auch ein Café, falls wir uns müde gelaufen haben sollten. – Ich rufe Wolfgang an und sage ab."

Ich hörte ihn sprechen, er verabredete sich mit seinem Freund für den Abend. Das gab mir einen Stich, obwohl ich wusste, dass ich auf den Campingplatz zurückzukehren hatte und das auch wollte. Aber als er zurückkam und mich anlächelte, freute ich mich auf den bevorstehenden Spaziergang und einen frischen Kaffee.

Als ich in das Treppenhaus trat, blieb ich kurz stehen, um mich einmal an das leicht geschwungene kupferne Treppengeländer zu lehnen und einen Blick hinauf zu wagen. In meiner Kölner Zeit hatte ich ein paar Jahre im 5. Stock eines ähnlichen Hauses gelebt, in einer viel zu großen Wohnung. Das Phänomen war, dass in der Hälfte jener Wohnungen nur jeweils eine Person zu finden war, überwiegend Witwen, die seit Jahrzehnten dort zuhause waren. An Vermietung dachten sie in keiner Sekunde, sondern versuchten eher, ihren alten Lebensstil fortzuführen. Nicht alle waren sie zu Großmüttern geworden oder hatten überhaupt Kinder gehabt. Ihre Männer waren vor vielen Jahren gestorben, einige als verschollen gemeldet.

Mit zweien dieser alten Damen hatte ich Kontakt gehabt und angenehme Nachmittage verbracht, sie erzählten aus ihrem Leben und waren begierig, etwas über das meinige zu erfahren. Keine von ihnen hat je meine angebotene Hilfe in Anspruch genommen. Zwei sehr Betagten half ich beim Umzug in tiefer gelegene Wohnungen. Der Einbau eines Fahrstuhls wurde immer wieder vertagt, und das Treppensteigen war für die beiden mit zunehmendem Alter mühsamer geworden. Wo sollten sie sonst hin? Ins Altenheim etwa? Das wollten sie sich nicht einmal vorstellen. Und ich denke, sie taten gut daran, ihre vertraute Umgebung und ihre Selbständigkeit nicht aufzugeben für etwas mehr Bequemlichkeit. Ich versprach mir selbst, bei meinem nächsten Besuch in Köln bei ihnen vorbeizuschauen.

Malte fragte mich, als er seine Wohnungstür abschloss, was ich dort oben suchte. Ich erzählte ihm kurz von meinen Gedanken.

Dann traten wir auf die Straße. Die Sonne schien und wärmte, der Wind wehte mäßig. Für viele war dieser Freitag zu einem Urlaubstag geworden, den sie im Freien genießen wollten. Wir strebten einem Park zu, blieben aber bereits in einem netten Café hängen, vor dem die Bestuhlung für die Sonnenanbeter schon bereitstand, wie es häufig im Rheinland bei den ersten wärmenden Strahlen zu finden war. Wir saßen eine Weile, tranken Kaffee, sprachen kaum etwas.

Wir waren uns einig, doch noch einen Spaziergang zu machen. Im Park war nach deutscher Gärtnerordnung alles vorbereitet, mit Akribie waren die Blumenbeete angelegt, die Erde geharkt, einige Bäume schlugen bereits aus. Auf den Wegen war nichts zu erkennen, was nicht dort hingehörte. Normalerweise neigte ich zu Kommentaren, heute unterließ ich das.

„Es ist ja vielleicht auch gar nicht mehr notwendig, dass du ein Boot kaufst. Dein Mann schrieb doch, er habe das erledigt."

Malte überraschte mich mit diesem Satz. Aber es war ja so, wie er es sagte.

„Ja, denke ich auch", bestätigte ich, obwohl ich mir immer noch nicht vorstellen konnte, wo er so schnell ein Boot hatte finden können.

In meinem Kopf hämmerte der Satz ‚Ich weiß immer, wo du bist. Ich weiß immer, wo du bist.'

Dieser Satz hatte viel mehr Geheimnisse hinter den Buchstaben als die Tatsache, dass Pawlow ein Boot gekauft hatte. Es war nicht Pawlows Handschrift. Er hätte mich auch auf meinem Handy erreichen können, fiel mir ein. Ich wurde nervös, kramte in meiner Tasche, zog das Handy hervor und sah nach. Eine SMS von Pawlow. Ich sah Malte an, er mich. Ich drücke auf ‚okay': Wann kommst du nach Hause, meine Liebe?

Ich seufzte. So einfach war es doch nicht, was ich geplant hatte. Und mir fiel nichts ein, was als Erklärung dafür hätte dienen können, warum ich in dem Hotel erkannt worden war. Ungeduld bahnte sich den Weg zu meiner Verfassung. Was sollte ich Malte sagen, wenn ich ihn jetzt, in dieser Minute, gern allein ließe.

Es quälte mich, dass ich seine Zeit in Anspruch genommen hatte und nun, da die Bootsgeschichte für mich erledigt schien, mein Interesse an ihm ebenso schnell erloschen sein sollte. So war es ja nicht. Ich blieb stehen.

„Malte", versuchte ich eine Erklärung oder Entschuldigung hervorzubringen, „Malte, ich kann mich nicht mehr konzentrieren auf Bonn, nicht einmal mehr auf deine Anwesenheit. Ich bin voller Erwartung, was bei oder mit Pawlow geschehen ist und warum er wissen konnte, dass ich mit einem Mann im Hotel übernachtete. Mich erwartet nichts Gutes, das spüre ich, aber mir ist klar, dass ich mich nicht davor drücken werde. Das schaffe ich nicht. Und dass er ein Boot gekauft hat, ist ein weiteres Rätsel. Das einzige, was ich weiß ist, dass mein Leben in andere Bahnen gehen wird."

„Na, das ist ja schon etwas", versuchte Malte mit Humor an meinem Ohr, „sei nicht traurig und denke nicht an mich dabei, ich bin lediglich ein Katalysator, habe ich den Eindruck. Aber das ist manchmal nicht das Schlechteste. Komm, lass uns noch ein Stückchen gehen."

Er hakte sich bei mir ein. Wie schön das war. Während wir langsam liefen, sprach er weiter.

„Liebe Anna, ich werde dich wiedersehen, und wenn es bis zum Herbst dauern sollte, bevor ich mich auf eine Fahrt nach Leer begebe. Ich habe diese Stunden mit dir genossen, und wir können daran anknüpfen. Du zeigst mir die Stadt und was dir sonst alles einfällt. Wenn du Lust hast, kommst du nach Bonn. Ein verlängertes Wochenende ist immer gut dafür."

„Wie unkompliziert du doch bist, ruhig und überlegt. Etwas davon hätte ich gern. Im Ernst, ich möchte gern meine Tasche holen und dann den Zug nach Köln nehmen, mein Fahrrad auslösen und nach Rodenkirchen strampeln. Geht das?"

„Sicher, aber ich fahre dich hin, denn sonst musst du mit dem Rad im Dunkeln zum Campingplatz fahren. Das halte ich nicht für gut. Noch besser wäre es, wir legen dein schönes Rad in den Kofferraum und ich bringe dich in die Nähe von Rodenkirchen. Für mich ist das kein Problem, bitte, sage nicht nein."

Was sollte ich sagen? Nein ging nicht. Einfach ja zu sagen auch nicht. Was dann? Ich überlegte zu lange. Schon waren wir auf dem Rückweg zu seiner Wohnung. Er übernahm die

Führung. In diesem Falle hatte ich nichts dagegen einzuwenden, obwohl ich durch Pawlow ständig bevormundet wurde, hatte Malte es in kurzer Zeit geschafft, mir das Gefühl zu nehmen, dass ich nur hinter ihm herliefe, wie ich es mir bei Pawlow angewöhnt hatte.

Wir holten mein Gepäck aus der Wohnung, sein Wagen parkte noch in der Straße, wir stiegen ein und ein schöner Tag fand einen angemessenen Abschluss. Das Fahrrad hatte ich schnell geholt, musste nicht einmal dafür zahlen. Es passte perfekt in den Kofferraum bei umgelegten Rücksitzen. Alles schien so leicht. Malte fuhr gemächlich durch Köln, so dass ich noch einiges zu sehen bekam, was ich als Radfahrerin verpasst hatte. Vor der Rodenkirchener Brücke bat ich ihn zu halten.

„Lieber Malte", meine Stimme war ein wenig klein und unsicher, „ich möchte von hier aus allein weiterfahren."

„Verstehe ich", gab er von sich und schenkte mir einen Seitenblick, dem ich entnahm, dass er sich das schon gedacht hatte. Wir stiegen aus. Ich sah mich um. Nichts Verdächtiges. Er hob das Rad aus dem Kofferraum, prüfte, ob alles in Ordnung sei, fragte sogar nach dem Licht, testete auch dies. Wir befestigten die Tasche an dem Gepäckträger. An uns fuhren die Autos vorbei mit einer Geschwindigkeit, die ich nicht leiden konnte. Und in diesem Moment schon gar nicht.

Ich fasste Malte an der Hand und sah ihn an.

„Ich rufe dich an, sobald ich kann", versprach ich. Dann stieg ich aufs Rad und winkte noch ein-, zweimal zurück.

Es war kühl geworden und dunkel, und ich war viel zu dünn gekleidet, das stellte ich erst jetzt fest. Die Wärme, die sich von Malte auf mich übertragen hatte, war auf und davon. Ich konnte sie jedoch jederzeit abrufen, das testete ich, und darauf war ich stolz.

Je näher ich dem Campingplatz kam, desto mehr reduzierte ich meine Fahrgeschwindigkeit. Das hatte zur Folge, dass ich jetzt noch mehr fror als in rasender Fahrt. Mich zog nichts als die Neugier in die Nähe des Wohnmobils, ganz vorsichtig näherte ich mich. Ich stieg vom Rad, als ich ein erleuchtetes Fenster sah.

Der Schatten Pawlows hinter einer kurzen Gardine brachte mich zurück in die Gegenwart des gewöhnlichen Lebens der letzten zehn Jahre. Wie sollte ich da heraus kommen?

Ließe sich mit Pawlow über eine Trennung reden, das war die erste Frage, die mir in den Sinn kam. Bisher war ich mir selbst gegenüber durchaus noch nicht so konsequent gewesen, dass ich versucht hätte, Fragen zu stellen oder einen Dialog zu formulieren. Dazu fehlte mir nicht nur die Phantasie, sondern, wie mir jetzt bewusst wurde, auch der Mut.

Ich fror noch stärker in meinem ziemlich dünnen Kleid. Ich steuerte mein Rad vorsichtig in einem größeren Abstand zum Wohnmobil und um dieses herum auf die andere Seite in den Windschatten. Und plötzlich sah ich das Paddelboot, blassrot leuchtete es mir im fahlen Licht einer Laterne entgegen.

Libelle, mal anders

Paul, mein Bruder und ich

Was sollte ich jetzt tun? Ich war vor Kälte fast starr, hatte zwar in meiner Tasche einige Kleidungsstücke, doch wie sollte ich damit außerhalb des Wohnmobils übernachten? Es würde nicht reichen.

Der Regen schien vorbei zu sein, doch die Kälte hatte mich fest im Griff. Ich schob kurzentschlossen das Fahrrad zum Waschhaus, stellte es an einer Stelle ab, die nicht gleich von jedermann einsehbar war. Was wusste ich, ob Pawlow sich hier noch blicken lassen würde an diesem Abend. Ich nahm meine Tasche mit und hoffte darauf, dass sich niemand hier aufhielte, der mich kannte.

Schnell fand ich eine freie Dusche, zog mich aus und genoss ziemlich lange das heiße Wasser. Danach kurz kalt abgeduscht, überlegte ich, wie ich mich bzw. meine Haare trocknen könnte. In der Tasche waren ja meine Handtücher, die hatte ich gar nicht gebraucht, fiel mir ein. In den letzten Minuten hatte ich meinen Aufenthalt im Hotel ganz offensichtlich verdrängt.

Ich war wieder ganz und gar mit Pawlow beschäftigt. Ich blieb vorsichtshalber in der Duschkabine, schaffte es auch, mich mit den zwei Handtüchern zu trocknen. Ich zog ein Kleid an und ließ eine Sommerjacke draußen, wickelte die nassen Kleidungsstücke in die jetzt ebenso nassen Handtücher, setzte mich auf die schmale Bank und überlegte, was zu tun sei in dieser selbst verursachten Situation.

Ich wurde kurz wütend, weil ich Pawlow die Schuld an meinem Desaster gab, aber als mir einfiel, wie leicht ich es ihm letztlich gemacht hatte, konnte ich dieses Gefühl nicht länger über mich herrschen lassen. Was sollte ich tun?

Ich stand auf, raffte das nasse Bündel samt Handtüchern zusammen und ging zum Fahrrad. Gerade, als ich aufsteigen wollte, hörte ich zwei Stimmen, noch ziemlich weit entfernt. Da lachte ein Mann, wie nur Pawlow lachte, wenn er jemanden beeindrucken wollte. Ich sah niemanden, sie mussten sich noch zwischen den Bäumen befinden, bevor sie ins Licht des Badehauses eintauchten. Ich stieg so schnell es ging auf mein Rad. Um das Haus herum fuhr ich in weitem Bogen auf unseren Stellplatz zu. Innen war jetzt alles beleuchtet, nicht nur mehr der Wohnraum. Ich stieg ab und zog mein Rad an eine Stelle, die Pawlow nicht würde einsehen können, wenn er zurückkäme.

Mein Herz klopfte wild. Ich dachte noch, ich sei ruhig wie nie zuvor. Jedoch sprach mein Körper eine andere Sprache. Ich kramte in meiner Tasche herum. Zwei Schlüssel suchte ich, den für das Fahrrad und den für das Wohnmobil, da ich annahm, es sei abgeschlossen. Was ich damit wollte, kann ich nicht mehr sagen, außer, dass mich etwas ins Trockene, Behütende zog. Wieso mir dieses Wort einfiel in einem unpassenden Zusammenhang, war mir auch nicht klar. Denn ich überlegte nicht, ich handelte, als gäbe es jemanden, der mich führte. Vielleicht auch geradewegs ins Unglück.

All das waren Gedanken einer rational denkenden Person, die sich in mir eingenistet hatte, ohne sich vorher gezeigt zu haben.

Ich wollte da hinein, egal, was auf mich zukäme. Mir war klar, ich musste noch vor Pawlow im Warmen sitzen oder liegen, am besten im Bett, mit der Decke über dem gesamten Körper.

Von heute aus betrachtet, fehlte mir eigentlich die Berechtigung dazu. Ich hatte das Ding, dieses Wohnmobil, nicht mitfinanziert, er, Paul, hatte es mit in die Ehe gebracht. Ja, dachte ich, das stimmte, so war es. Aber was hatte ich mitgebracht? Nur mich selbst. Damals wäre ich nicht auf die Idee gekommen, das ‚Nur' auszusprechen. Denn vor meinem Leben mit Paul war ich jemand. Ich hatte Freunde, ich hatte einen tollen Beruf, ich war intelligent, ich sah gut aus. Ich war zunächst keine Hausfrau. Diese Rolle ist mir nicht auf den Leib geschrieben. Heute, nach so vielen Jahren, weiß ich es, ich weiß es, warum ich mich für seine nette Begleitung bedankt habe, als wir das erste Mal miteinander in die Öffentlichkeit gingen in unserer kleinen Stadt: Ich begegnete Paul, als ich dankbar war für jede Ablenkung, denn ich hatte das Liebste verloren, meinen Bruder Andreas. Ich wusste es damals noch nicht, aber ich ahnte, es würde für ihn nie einen Ersatz geben. Kein Mensch auf dieser Welt nähme jemals seinen Platz ein. Und in dieser Zeit begegnete ich Paul.

Ich hatte meine Wohnung in Köln und meinen guten Job aufgegeben und wollte versuchen, in meiner Heimat Leer wieder eine Nische zu finden, in der ich mich beruflich wohlfühlen könnte. Alles andere war zunächst unwichtig. Männer, die sich für mich interessierten, wurden abgewiesen, mein Maßstab hatte sich erheblich verändert, seit ich mit klarem Kopf wusste, dass sich künftig keiner der Kandidaten abzuquälen brauchte, mir zu gefallen. Ich ließ keine Nähe zu einem Mann zu, wäre er auch der interessanteste, liebste, intelligenteste, der sich mit mir, meiner Persönlichkeit oder gar meinen Emotionen beschäftigen wollte.

Es gab keinen Raum dafür, um darin das Spiel von früher zu spielen: er liebt mich, er liebt mich nicht, er liebt mich usw.

Hinzu kam, dass ich Angst hatte, mich total zu verlieren. Meine Erfahrung sagte mir, dass ich nicht aufgeben brauchte, aber die Angst saß tief. Die Angst, einen weiteren Menschen, den ich so liebte wie meinen Bruder Andreas, auch verlieren zu müssen. Die Unsinnigkeit allen Bemühens angesichts des Todes meines Bruders wollte mir keine Zugeständnisse und keine Hoffnungen machen.

Mein Bruder war für mich Vater, Mutter, Therapeut, Freund, Gefährte und liebender Mensch zugleich, eine Rolle, die selten im Leben durch einem einzelnen Menschen wahrgenommen und ausgefüllt werden kann. Was waren mir Vater und Mutter, was die Freunde? Wahrhaftigkeit konnte nur sein mit Andreas. Worauf das alles basierte, weiß ich bis heute nicht.

Meine Eltern befragte ich, aber sie waren hilflos bei der Suche nach einer Antwort. Sie versuchten mir zu helfen, aber mir schien manchmal, als hätte ich es mit lebenden Hüllen zu tun, die mechanisch ihr Leben lebten, nichts mehr hinterfragten. Ich war mir nicht einmal klar darüber, ob sie sich überhaupt noch liebten oder je geliebt hatten, was immer das sein mochte, aber schließlich hatten sie zwei Nachkommen in die Welt gesetzt.

Eines Tages, etwa ein halbes Jahr nach meinem Weggang aus Köln, ging ich wieder einmal in Leer und Umgebung spazieren. Es war Herbst, ein schöner warmer Herbst mit Hunderten von Düften und Gerüchen, wie es sie so manches Mal in einem Nachsommer geben konnte, selbst bei uns im Norden.

Ich hatte eine Gewohnheit angenommen, an die ich zuvor zu keinem Zeitpunkt in meinem Leben auch nur ansatzweise gedacht hatte. Ich ging in meiner freien Zeit mit dem Hund meiner Eltern, einem damals schon acht Jahre alten Golden Retriever durch den Hammrich, durch die kleinen Parkanlagen der Stadt, ja sogar auf die Terrasse diverser Cafés. Ich lernte dabei Menschen kennen, ohne mit ihnen gesprochen zu haben, allein durch ihr Verhalten, wenn sie in ihrer vertrauten Umgebung mit einem größeren Hund konfrontiert wurden. Ihre Blicke und stillen Kommentare, wenn an heißen

Sommertagen die Wirtsleute sich etwa erlaubten, Wasser für Hunde bereitzustellen, amüsierten mich mehr als sie mich verärgerten.

War ich auf freier Strecke unterwegs, ließ ich den Hund, den meine Eltern Enno getauft hatten, von der Leine. Beide genossen wir es, er stob davon, und ich konnte beim schnellen Gehen endlich meine Arme mitschwingen lassen, was in mir ein Gefühl von Freiheit und Unbeschwertheit zutage förderte.

Ich fand den Namen für diesen Hund anfangs gar nicht lustig. Er klang für mich so bieder und steif, auch viel zu sehr regional geprägt, hießen doch einige meiner ostfriesischen Klassenkameraden auch so. Deshalb hatte ich ständig beim Gebrauch des Namens Bilder vor mir von Jungen, die Enno hießen und damit selbst nicht gut umgehen konnten. Umso mehr staunte ich, als ich vor einigen Jahren einmal las, dass um 2003 wieder überraschend viele Eltern in Ostfriesland ihre männlichen Nachkommen Enno heißen ließen.

Über längere Zeit versuchte ich, den Retriever an einen von mir gewählten Namen, nämlich Picasso, zu gewöhnen. Aber erstens war der Hund schon zu sehr auf ‚Enno' eingestellt und zweitens gab ich mein Vorhaben auf, weil ich damit einem weiteren, viel zu ernsten Streit – nach meinem Empfinden – aus dem Wege gehen wollte. Ich verstand zunächst nicht die Aufgeregtheit, die nicht mehr mit dem Hund, sondern nur noch mit der Meinung meines Vaters zusammenhängen konnte.

Irgendetwas musste es mit diesem Namen auf sich haben, dass mein Vater davon nicht abrücken wollte. Nicht nur erklärte er mir, dass Enno eine Kurzform der althochdeutschen

Namen Einhard, Aginhard, auch Eginhard sei, was so viel wie die harte Spitze einer Waffe, zum Beispiel eines Schwertes bedeute. Das Wort ‚stark' steckte auf alle Fälle in seiner Bedeutung darin. Na ja, ihm als Germanisten war das wichtig, das verstand ich vielleicht noch. Aber einen Hund damit zu ehren, schien mir doch immer noch ziemlich albern. Und ein Kampfhund war er nicht und sollte er auch nicht werden. Ich sagte jedoch an diesem Abend dazu nichts. Das Thema war für mich erledigt. Jahre später, ich war bei meinen Eltern auf einen Abendbesuch. Wir saßen friedlich bei einem Glas Wein im Wohnzimmer, als mein Vater überraschenderweise noch einmal das Namensthema anschnitt. Ich rückte mich schon im Sessel zurecht, eine Art Vorbereitung auf eine anstehende Verteidigung. Es kam aber ganz anders. Mein Vater erzählte, dass er an der Uni Münster einen heute ziemlich berühmten Kommilitonen gehabt und sehr geschätzt hatte. Dieser Mann trug den Vornamen Enno.

Ich begriff, dass mein Vater mir damit einen Gefallen tun wollte, indem er beweisen konnte, dass er nicht aus einer Laune heraus, sondern wohlbegründet diesen Namen ausgewählt hatte aus all den Rockys, Bellos, Fiffis und so weiter. Ab diesem Zeitpunkt fand ich es rührend. Was ich mich nicht zu fragen traute, war nach einer Gemeinsamkeit zwischen seinem Hund Enno und dem Kommilitonen.

Während ich schwieg, aber darüber grübelte, fing ich einen ernsten Blick meiner Mutter auf. Der warnte mich, noch einmal ins Detail zu gehen. Und ich fügte mich.

Paul lernte den Hund auch nicht gleich kennen, sondern erst nach einigen Wochen, und er schien sehr beruhigt zu erfahren, dass Enno der Hund meiner Eltern war. Den Namen

Enno nahm Paul ohne Kommentar hin. Das war das erste Ungewöhnliche, was mir an Paul auffiel. Aber für einen Ostfriesen im Allgemeinen ist dieser Name tatsächlich gewöhnlich, wenn auch nicht gerade bei einem Hund. Nun gut, Picasso ist tot, aber lebt auch durch viele Hunde weiter, wie Napoleon und Luther. Ehre, wem Ehre gebührt. Wie locker ich heute darüber sprechen kann! Und um den Bogen zu schlagen zu meiner Situation und Beziehung zu Paul nach zehn Jahren Ehe: Paul war anders, als ich mir einen oder meinen Ehemann gewünscht hatte. Meine Unfähigkeit, das früh genug zu erkennen, mein spätes Erwachen, vielleicht auch eine Art Feigheit, ein gruseliges Kapitel meines Lebens hart und brutal abzuschließen, ließ mich in die Situation kommen, dass merkwürdigerweise ein Paddelboot meine Rettung und sein Lebensende zeitgleich uns auseinander bringen würde.

Eine Schönheit – auch in Schwarzweiß

Paul und ich, eine klare Sprache sprechend I

Den Fahrradschlüssel fand ich vor lauter Aufregung zuerst, als mir klar wurde, dass ich ihn jetzt nicht brauchte, sondern nur die Kette mit dem Schloss um die Speichen zu legen und es zuschnappen zu lassen hatte.

Das Wohnmobil leuchtete mich aus seinen hellen Fenstern heimelig an. Ich nahm mein Gepäck, versicherte mich mit Blick auf die beleuchteten Wege meines Alleinseins und huschte, wenn man das so sagen konnte bei dem Gepäck, das ich trug, zur Tür, schloss sie unter Verrenkungen auf, denn ich wollte keine Zeit verlieren. Meine Taschen schob ich unters Bett, suchte dann routinemäßig in einem bestimmten Schrank nach einem warmen Pyjama, fand ihn, ging ins Bad, machte Licht und sah mich verwirrt im Spiegel an.

War ich das? Muss wohl, dachte ich, nahm eines der Handtücher, wickelte es um den Kopf, denn meine Haare waren natürlich noch nass vom Bad. Ich wusch Gesicht und Hände und fühlte mich schon wohler. Alles andere konnte warten. Ich löschte das Licht, öffnete die Tür einen Spalt breit, ging mit der Hand an einen der Schalter. Das erste Licht in der Küche ging aus. Ich bückte mich, um nicht gesehen zu werden und hatte binnen kurzem Dunkelheit hergestellt.

Erleichtert kroch ich auf das Bett und nahm meine übliche Seite in Beschlag, indem ich die Bettdecke hob und mich darunter lang ausstreckte. Ich atmete aus. Was noch geschehen sollte, wollte ich auf mich zukommen lassen.

Ich faltete meine Hände oberhalb des Kopfes auf dem Kissen, aber nicht lange, da das Wohnmobil nicht beheizt war. Das war neu, denn Paul liebte es immer ziemlich warm. Wer weiß, was alles geschehen war in den zwei Tagen, sagte ich mir. Ich drückte das Handtuch eng an den Kopf, damit meine Haare schneller trocken konnten. Hauptsache, das Kopfkissen würde in der Nacht nicht feucht werden. Das wäre sehr unangenehm.

In meinem Gehirn ließen sich die Welten nicht mehr trennen, einmal war ich in der Vergangenheit, dann wieder in der Zukunft, dann kam die Gegenwart, und einige Träume schoben sich dazwischen. Immerhin fror ich nicht mehr. Das war erst einmal vorbei. Dafür bekam ich Hunger, einen nicht sehr großen, aber doch bemerkenswerten. Wenn ich aus dem Fenster sah, sah ich in das Dunkel eines regnerischen Mai-Abends. Plötzlich schoss mir in den Sinn, das Wohnmobil von innen zu verriegeln. Dafür musste noch einmal aufstehen, tapste zur Tür, sperrte sie ab und legte mich in gleicher Position wieder ins Bett.

Alles war still. Da überfiel mich eine bleierne Müdigkeit, die Spannung ließ nach und nach von mir ab. Mein Atem wurde langsamer und langsamer.

Ich höre Rufe, Klopfen, wo bin ich, das ist kein Traum, das ist hier. Ich sitze aufrecht im Bett und sehe im matten Gegenlicht einer der wenigen Laternen auf dem nachtstillen Campingplatz die Silhouette von Pawlow. Er rennt hin und her und versucht, ins Wohnmobil zu sehen. Hinter ihm steht eine Frau, die ich nicht kenne, die sich aber offensichtlich entfernen möchte, was Pawlow lautstark verhindern will. Er packt sie an der Hand und zieht sie wieder zum Wohnmobil zurück. Er redet auf sie ein, sie möge bleiben, er habe nur zu klären, wer da drin sitze und was derjenige wolle. Er rennt wieder und wieder an den Fenstern vorbei, klopft mit beiden Fäusten an die Tür und schreit.

„Was willst du hier! Geh doch zurück ins Hotel. Ich hab' dich erwischt, das hättest du nicht gedacht, was? Erzählt mir von Schiffen, über die sie eine Statistik schreiben will und ist ganz schnell in der Stadt zu ihrer Verabredung. Und was machst du nun mit deiner Intelligenz? Wie willst du mir das alles erklären?" Zu der Frau gewandt, die widerwillig stehenbleibt, sagt er ganz aufgeregt: „Das war meine Frau, das ist vorbei, das kannst du mir glauben. Unter diesen Bedingungen bleibt kein Mann bei so einer. Was sagst du dazu?"

Die Frau scheint verstört. Ich verstehe nicht, was sie antwortet, da Pawlow immer wieder dazwischenredet, ohne Pause. Jetzt sieht es so aus, dass er sie gehen lässt. Für mich wäre es besser, wenn sie dabliebe, denke ich auf einmal.

Ich stürze aus dem Bett, greife nach einer Jacke, mache überall Licht und öffne dann die Tür. Ich bitte den erstaunten Pawlow und diese Frau herein. Er kann keine Worte finden, tritt ein und zieht die Frau an der Hand mit ins Innere. Ich schließe die Tür hinter den beiden. Mein Gehirn arbeitet auf Hochtouren.

Da beginnt die Frau plötzlich zu sprechen. „Es ist schön warm hier drinnen, ganz gemütlich."

Ich denke, das stimmt doch gar nicht, sage aber freundlich zu ihr: „Dann nehmen Sie doch bitte Platz. Was möchten Sie trinken, Tee, Kaffee, Bier? Es ist von allem da."

Sie antwortet in einem Dialekt, den ich keiner deutschen Region zuschreiben kann. Vielleicht kommt sie aus dem benachbarten Ausland und kann gut Deutsch, wer weiß.

Pawlow hat sich an den Tisch gesetzt und starrt mich ununterbrochen an, schüttelt den Kopf und flüstert der Frau etwas zu, wovon ich verstehe, was so ungefähr sein könnte wie ‚Die ist ja ganz durcheinander. Das hat man davon, wenn man seinen Mann betrügen will.' Die Frau setzt sich und sieht Pawlow ganz entgeistert an: „Und was machst du, ist das etwas Anderes, nur weil du ein Mann bist?"

„Aha, ich habe es geahnt, sie solidarisieren sich, die Emanzen." Er sieht sie angewidert an, fast tut er mit Leid. Aber das fehlte jetzt noch, wo ich meinem Ziel so nahe bin. Ich muss mich zur Ordnung rufen. Und Ordnung kann nur hergestellt werden, wenn ich mit diesem Mann allein bin, ob es nun schwierig wird oder auch nicht. Aber wenn ich Pawlows Gesicht ansehe, das von einer selbst für ihn ungewöhnlichen Röte befallen ist, schwindet mein Mut.

Ich beschäftige mich mit dem Kühlschrank, entnehme Bier und Saft und setze einen Kessel mit Wasser auf den Herd. Pawlow verfolgt jede meiner Bewegungen, was ich unauffällig aus den Augenwinkeln registriere. Die Frau fühlt sich nicht wohl, ist auch von ihm abgerückt. Plötzlich steht sie auf und wendet sich an mich.

„Ich kenne Sie nicht und habe auch nicht gewusst, dass Paul eine Frau hat. Immerhin treffen wir uns seit einer Woche regelmäßig zum Joggen, aber eingeladen hat er mich erst heute Nachmittag zum Tee hier im Wohnmobil. Ich bemerke, dass Sie überrumpelt worden sind. Es ist besser, wenn ich jetzt gehe."

Ich weiß nichts zu sagen. Sie kann gern hierbleiben, denke ich. Aber wieso sollte sie das wollen? Angst habe ich nicht vor diesem Paul, mit dem ich verheiratet bin. Soviel weiß ich. Ich gehe auf sie zu.

„Ich verstehe Sie gut. Ich muss mich entschuldigen für diese Situation. Ich bin unangemeldet hier erschienen."

Sie zeigt ein schüchternes Lächeln, von Pawlow mit Verachtung zur Kenntnis genommen. Er rafft sich auf, geht auf die Tür zu, öffnet sie, steigt aus und bleibt unten stehen, auf sie wartend, um sich von ihr zu verabschieden. Ich habe ihr inzwischen die Hand gereicht, und unsere Augen finden sich für einen kurzen Moment in gegenseitigem Verstehen. Dann geht sie hinaus. Obwohl ich nichts weiter sehen oder hören möchte als das Ende einer Geschichte, die meine ist, sehe ich doch, wie er immer noch versucht auf sie einzureden. Sie scheint entschlossen, sich das nicht anzuhören. Schließlich steht Pawlow allein vor dem Wohnmobil. Und schon wieder tut er mir leid. Und Mitleid ist noch nie eine Basis gewesen, für was auch immer.

Wenn mich hinterher jemand fragen sollte, wie diese Frau ausgesehen habe, könnte ich sie nicht beschreiben. Sie zog wie ein kleines Ereignis durch diesen Abend, ohne große Bedeutung und ohne Gesicht. Nichts in mir hat sich gegen sie gewandt. Mir war eher zumute, dass ich ihr behilflich sein müsse. Niemand mehr sollte durch einen Menschen wie Pawlow behindert werden in der Entwicklung seiner Persönlichkeit. Niemandem sollte er wieder ein kalter Wärter sein und niemandem auf der Welt war zu wünschen, auf ihn und seine Launen hereinzufallen.

Ehrlicherweise komme ich noch rechtzeitig zurück auf den Boden der Tatsachen, bevor ich vollends Pawlow wieder mit aller Schuld belade, die sich in unserer Beziehung angehäuft hat. Ich bin mir bewusst und will das als Mahnung für die Zukunft nicht vergessen, dass immer zwei Menschen beteiligt sind an einer fehlgelaufenen Beziehung, also auch ich.

So sinnierend stehe ich in der Küche, als die Tür mit Kraft geöffnet wird, dass ich glaube, sie könne aus den Angeln gehoben werden.

Pawlow springt mehr, als er geht, die Stufen hoch ins Wohnmobil. Er weiß nicht, wohin er sehen soll. Aber sein Blick bleibt dann doch bei mir hängen, genauer gesagt, auf meinem Gesicht. Er kommt auf mich zu, bleibt dicht vor mir stehen, sieht mir in die Augen. „Was ist eigentlich mit dir los? Lass uns doch reden, bitte."

Das ist nicht ungeschickt, wie ich zugeben muss. Mein aufkeimendes Mitleid schiebe ich unter das Doppelbett und hoffe es nie wieder zu finden.

„Paul, ich habe beschlossen, mein Leben selbst in die Hand zu nehmen, so wie es war, bevor wir uns begegnet sind."

„Das lasse ich nicht zu, ich habe auch Rechte als Ehemann."

„Von welchen Rechten sprichst du? Ich möchte keinen Streit, keine Auseinandersetzung, keine Abrechnung und Aufrechnung, ich will meinen seelischen Frieden wiederfinden."

„Aber warum? Was habe ich dir angetan? Wir hatten doch ein gutes Leben."

„Das mag aus deiner Sicht stimmen, Paul, aber ich habe die vergangenen zehn Jahre anders erlebt. Ich habe mich an dich angepasst, was ich nicht als Vorwurf äußere, sondern durchaus als mein eigenes Versagen bewerte. Du hast mir eine Rolle zugewiesen, die ich annahm, um Frieden zu halten und um nicht in dem tiefen Tal zu verharren, in das ich nach dem Tod meines Bruders abgestürzt bin. Du wusstest von alledem kaum etwas und es war auch nicht dein Anliegen, mehr von mir über mein Leben und meine Vergangenheit zu erfahren. Du hattest klare Vorstellungen, das habe ich bewundert, aber es sind nicht meine gewesen."

„Du hättest doch etwas sagen können, Anna, warum bist du so unheimlich fremd jetzt, als hätten wir nie Freude empfunden in unserem gemeinsamen Leben? Was habe ich alles falsch gemacht, und was hätte ich ändern müssen oder können, was kann ich jetzt noch tun?" Da ist es wieder soweit, Mitleid bahnt sich seinen Weg, ich gehe zu ihm, ganz nah, berühre seine Wange, ganz kurz, sehr vertraut. Er sieht mich an, als würde seine Welt sofort zusammenbrechen, aber ich glaube ihm nicht. Ich sehe seine Anstrengungen, Argumente zu finden, die mich überzeugen könnten. Er zieht die Schultern hoch. Erst jetzt bemerke ich, dass er einen Anzug trägt. Dass er den überhaupt dabei hat. Ich fasse ihn am Ärmel und reibe den Stoff zwischen Daumen und Zeigefinger.

„Was ist denn das hier?" Er sieht an sich hinunter, sieht dann mich an mit fragendem Blick. Er versteht die Frage nicht, so wie er nie etwas verstanden hat.

„Du trägst diesen Anzug nur zu ganz besonderen Anlässen, wenn ich mich recht erinnere. War das heute einer?"

„Ach, Anna, hör doch auf, lass uns vernünftig bleiben. Du bist nach Köln gefahren, in ein Hotel gegangen mit einem andern Mann. Ich habe ein Boot gekauft und das Ereignis mit einer fremden Frau ein wenig gefeiert, weil du ja nicht da warst. Es war nichts dabei, ich kann es durch sie bestätigen lassen."

„Paul, das bringt doch nichts, ist mir auch gleichgültig. Übrigens, ganz so fremd war diese Frau ja für dich nicht. Ich habe für mich beschlossen, und das weiß niemand sonst, dass ich mein Leben neu ordnen oder vielleicht gar nicht mehr ordnen möchte. Und das ohne dich. Wir sind einem

Irrtum unterlegen. Zwei einsame Menschen, die sich zusammentun, haben es doppelt schwer, es teilt sich nicht die Einsamkeit, da die Gründe dafür meistens so tief vergraben sind, dass man zur Ehrlichkeit und Aufrichtigkeit nicht mehr in der Lage ist. Auch wenn wir anders sein oder werden möchten, uns trennen Welten. Und das Schöne ist eigentlich, dass ich weiß, du wirst eine Trennung gut überleben. Du hast genügend Freunde, mit denen du etwas anfangen kannst."

Er hat sich auf das Bett gesetzt, die lächerliche Krawatte abgenommen und beiseite gelegt. Was durchlebt er in diesem Augenblick, frage ich mich. Ich kann damit nicht aufhören, auch wenn ich alles verschlimmern sollte mit meiner Art. Nur das eine will ich nicht: rückfällig werden. Es ist eine Gradwanderung. Aber ich muss sie bewältigen.

„Freunde, was sind das für Freunde? Ich war immer ein Einzelgänger und auch -kämpfer. Mit dir wurde alles anders, dachte ich, sah ich doch auch. Ich war zufrieden, manchmal sogar glücklich. Und du hast nie etwas gesagt, was mir Sorgen bereitet hätte, in Bezug auf unser Zusammenleben."

Jetzt sitzen wir beide nebeneinander auf dem Bett, und ich denke an Malte und finde alles so absurd, als hätte ich das nur in einem Film gesehen. Meine eigene Beteiligung kommt mir so lächerlich vor. War ich das, die heute mit einem Mann aus einem Kölner Hotel kam, nach Bonn fuhr, um dann wieder hier auf dem Campingplatz zu landen? Was für ein Umweg, um mein Leben zu ordnen.

„Komm, wir setzen uns an den Tisch, hier kann ich schlecht durchatmen."

Ich habe nichts dagegen, am Esstisch zu sitzen, Paul gegenüber, mit einem klaren Bewusstsein, wie ich es in unserer langen Beziehung nicht erlebt habe. Ich sehe Paul ganz anders, wie einen Halbfremden aus einer anderen Welt. Plötzlich fühle ich mich aufgerufen, ihm einen Bonus zu geben. Was kann er denn dafür, dass er so ist, wie er ist? Ich bin diejenige, die das hingenommen hat und es nun nach knapp zehn Jahren nicht mehr ertragen kann. Was ist mit mir geschehen? Welcher Knoten ist geplatzt, welches Korsett habe ich abgelegt oder bin dabei, es abzulegen? Wie kam es dazu? Ich sehe Paul in die Augen. Ich sehe einen einsamen Menschen, ob mit mir oder ohne mich, ob mit anderen oder ohne sie, er wird immer einsam bleiben.

Was um Himmels Willen konstruiere ich da zu seinen Gunsten? Aber warum nicht, wenn ich es jetzt doch so empfinde.

Habe nicht ich etwas falsch gemacht, indem ich ihn benutzt habe, als es mit mir nicht schlimmer kommen konnte? Habe ich nicht ganz bewusst die Augen verschlossen vor allem, was kam? Denn er war nett zu mir, nie grob, auch nicht besonders liebevoll, aber davon hatte ich sowieso keine Ahnung. Die Liebe eines Bruders ist mit nichts vergleichbar, was sich sonst zwischen Mann und Frau entwickelt, reift und dauert. Ich sehe, wie sich Pauls rechte Hand auf der Tischplatte in meine Richtung bewegt. Ich führe meine rechte Hand in die Mitte, und da begegnen wir uns. Seine Hand auf meiner, warm, meine umspannend. Ich habe nie zuvor gesehen, dass es einen derartigen Größenunterschied gibt. Ich halte still und sehe ihn an.

„Paul, ich weiß auch nicht, was geschehen ist, habe aber das Gefühl, aufgewacht zu sein und mein eigenes Leben leben zu müssen, und das mit 40 Jahren. Glaub' mir, ich bin deswegen selbst so überrascht, dass ich mich nicht wiedererkenne in meinen Handlungen. Ich habe in einem Kölner Hotel nichts Schlimmes getan. Ja, ich habe mit einem Mann geredet, mit ihm Caipirinha getrunken, dort übernachtet und mit ihm nach einem Boot gesucht. Das war nicht von Erfolg begleitet, ich bin aber einem liebenswerten Menschen begegnet, soviel weiß ich. Und das war sehr wichtig für mich. Paul, es gibt noch eine Welt außerhalb der unsrigen, und die habe ich entdeckt. Niemand weiß besser als du, dass wir uns lediglich mit uns und unseren Bedürfnissen beschäftigt haben, dass wir in Sachen ,Eltern werden' nie ein klares Wort miteinander gesprochen haben, ich nehme an, weil du das nicht konntest und ich dich nicht zwingen wollte. Vielleicht hätte ich drängender sein sollen, um Klarheit zu finden in deiner Ablehnung des Sexuellen. Denn auch das weiß ich, es ist nicht normal. Wir hätten uns arrangieren und vielleicht Kinder adoptieren können und dabei auf die Eitelkeit verzichtet, die häufig, vielleicht unbewusst, den Wunsch nach Reproduktion antreibt."

Paul sieht mich an wie jemand, der von etwas Mächtigem überwältigt worden ist und nun erst einmal mühsam seinen Atem wiederfinden und sein Hirn belüften muss, bevor er etwas sagen kann. Betreten wendet er den Blick von mir ab, sieht auf die Tischplatte, wo er imaginäre Krümel mit dem rechten Zeigefinger vor sich herschiebt.

Leise sagt er, indem er mir in die Augen schaut: "Ich habe immer nur uns beide gesehen, Anna. Wie wir es gut haben sollten. Ich wollte, dass es an nichts mangelt. Heute stelle ich fest, und das nur durch dein plötzliches, unberechenbares

Handeln, dass es für dich nicht ausreichend war. Aber was fehlte dir denn konkret, außer vielleicht einem Kind? Dann könnten wir doch noch einmal von vorn beginnen?"

Das Fragezeichen schleicht sich aus dem Mund des Mannes, kleinlaut, unsicher, mit einem Rest an Hoffnung, an die er sich klammert, aber schon mit einem festen Anteil der Erkenntnis, er komme zu spät mit seinem Vorschlag. Ich fühle wieder dieses verdammte Mitleid, das mir meine Klarheit streitig machen möchte, um die ich mich sehr bemühe.

„Paw... Paul", bringe ich heraus, „lass' uns bitte schlafen gehen. Ich bin so müde, so unendlich müde, und du siehst auch ganz fertig aus. Was wir hier leisten müssen und auch abzuschließen haben, das ist Schwerstarbeit, das weiß ich. Aber ohne sie sehe ich keine Chance, unsere Situation zu verändern!"

„Das möchte ich doch gar nicht, Anna."

Ich seufze. „Aber ich, ich weiß, dass sich unsere Wege trennen müssen und werden, Paul. Wir können es morgen mit frischem Mut zu Ende bringen." Glaube ich etwa daran?

Kaktusblüte

Paul und ich, eine klare Sprache sprechend II

Ich habe eine Vorahnung, dass die kommende Nacht für mich, und sicher auch für Paul, eine der traurigsten sein wird. Ich bin aufgestanden und zwänge mich aus der Sitzecke, während Paul noch am Tisch sitzen bleibt, seine weißen Hände betrachtet, auf seine Armbanduhr schaut, mich ansieht, als habe er die Sprache verloren. Er schüttelt den Kopf. Er bleibt ohne Worte, ohne Versuche, auf mich einzureden. Ich fühle diese Stille wie die viel besprochene Ruhe vor dem Sturm. Kaum traue ich mich, irgendein Geräusch zu machen. Das lässt sich dann doch nicht vermeiden. Ich gehe ins Bad, schließe leise die Tür hinter mir. Jetzt, Auge in Auge, wird mir erst die Tragweite meines Denkens und Handels und der zwangsläufig sich daraus ergebenden Konsequenzen so halbwegs deutlich.

In einem kurzen Moment stelle ich mir vor, wie es sein würde, ihn nie wiederzusehen, da mir eine bleibende Verbindung mit diesem Mann fürs Leben in keiner Weise eine Möglichkeit scheint. Nie wiedersehen, sich trennen, so tun, als gäbe es diesen Menschen nicht mehr, zu wissen, er leidet, zu wissen, für sein Unglück verantwortlich zu sein, das liegt so fern und passt weder zu meinem bisherigen Leben noch zu meinem Begriff von Verantwortung. Hat er mich wirklich so schlecht behandelt, dass ich künftig in einer Welt ohne ihn leben will oder kann?

Und dann auch noch die bange Frage: Wird er mich danach in Ruhe lassen, wird er mich verfolgen auf Schritt und Tritt? Was ist mit dem Zettel im Hotel? Das muss ich herausfinden, und zwar durch eine direkte Frage, sein Gesicht, seine Augen werden mir die Glaubwürdigkeit der Antwort verraten. Ich habe Paul noch nie bei einer Lüge ertappt, da mein Leben mit ihm mich nie in eine Situation gebracht hat, dass ich an dem zweifelte, was er tat oder sagte oder unterließ. Na ja, bis auf die Frau von heute Abend.

Ich höre Pauls Stimme, während er leise an die Tür klopft. „Dauert es noch lange, Anna?"

Ich öffne die Tür einen Spalt: "Wenn es eilig ist, kannst du gern hereinkommen." Er steht im Pyjama da und zittert. Er sieht mich nicht an. Ich öffne die Tür ganz, fasse ihn am

Ärmel, schiebe ihn ins Badezimmer. Wie ein kleiner Junge lässt er sich führen. „Lass dir Zeit, ich mache gleich weiter, ich werde die Heizung einschalten", sage ich und schließe die Tür. Da auch an mir die Kälte hochgekrochen ist, stelle ich die Gasheizung an. Das hätte ich eher tun sollen.

Ich setze mich aufs Bett. Meine Augen werden ohne meinen Willen feucht. Ich blicke um mich her wie jemand, der den Auftrag erhielt, sich alles einzuprägen, auch die kleinste Kleinigkeit. Nichts darf vergessen werden. Alle Glieder der Kette fügen sich aneinander, als ich letztlich das Bett betrachte, auf dem ich sitze, auf dem ich vielleicht schon morgen nicht mehr sitzen werde.

Aber was verbindet mich noch mit den Räumen, den Gegenständen, den Gerüchen, den Geräuschen, einer Außenkulisse wie der jetzigen, beleuchteter Campingplatz, Nebel um die Lampen, Dunkelheit dahinter, Stille, durch nichts unterbrochen, nicht mal aus der Ferne ein Hundegebell, keiner, der vorbeigeht, hundert Meter weiter oder mehr, aber noch wahrnehmbar. Natürlich kann ich, wenn ich in die richtige Richtung sehe, die vorbeiziehenden Schiffe gut erkennen. Wie absurd war das gestern, als ich eine Art Statistik anfertigte, nur um mich von Paul abzugrenzen, lächerlich, wie ein Schulmädchen habe ich mich benommen. Und wozu das alles, wenn ich doch wünsche, mein Leben mit Paul solle ein Ende finden. Und dann war da plötzlich die Eingebung, wie ich ihn aus der Welt schaffen könnte. War ich das wirklich? Und noch dazu mit einem Boot hier auf dem Rhein. Woher kam diese abstruse Idee, woraus wurde sie geboren? Aus meiner Verwirrtheit, die mich gestern weggetragen hat von hier, die Nahrung fand in den Begegnungen mit zwei netten

Männern? Heute hat sich die Welt um uns in Nichts aufgelöst, da wir uns selbst nicht sicher sind in unserer Existenz, da alles auf den Kopf gestellt werden wird durch meine Absicht, künftig den mit Paul gemeinsam angelegten Weg zu verlassen. Ich nenne ihn in der letzten Stunde Paul, merke ich, nicht bei seinem Spitznamen. Was bedeutet das? Ist die Distanz zu ihm abhandengekommen oder war alles, was ich mit Pawlow erlebt habe, doch mehr von Paul als von Pawlow geprägt?

Meine Sicherheit hat sich verabschiedet. Unter diesen Umständen werde ich also eine schwerwiegende Entscheidung treffen, die einen Menschen ins Unglück stoßen wird, was für eine Ironie.

Und ich, ich träumte schon lange von einem anderen, besseren Leben. Wie sollte es aussehen, wenn ich es beschreiben müsste? Paul verlassen, und dann? Mich in meine Arbeit stürzen, kaum noch die Räume der Zeitung verlassen, in meiner Freizeit zuhause, in einer noch zu suchenden Wohnung zu sitzen und zu warten, aber worauf? Ich werde neue Freunde finden oder alte Freunde aufsuchen. Wo kann ich anknüpfen nach mehr als zehn Jahren Zweisamkeit mit Paul in Leer und den weiteren 10 Jahren davor, als ich meine Stadt verlassen habe. Anknüpfen klingt gut, ähnlich wie einen alten verschlissenen, aber wertvollen Teppich zu reparieren, Löcher kunstvoll zu stopfen, durch Reinigen die Leuchtkraft der Farben wieder hervorzurufen.

Wenn ich es deutlich sagen sollte, so sind es in erster Linie meine männlichen und weiblichen Kollegen, mit denen ich etwas unternehmen könnte. Die verheirateten und auch die frischgebackenen Eltern kann ich vergessen. Sie führen das, was ich ein normales Leben nenne. Mit meinen vierzig Jahren stehe ich zwischen den zahlreichen Lebensmustern, von denen die Welt voll ist, und meine Stadt auch. Einige meiner Bekannten sind wie ich damals abgewandert und nicht zurückgekommen. Meine Eltern sind Pensionäre, in Vereinen zuhause, in irgendwelchen Zirkeln, die mich kaum interessieren. Sie gehen in Gruppen auf Kreuzfahrten oder zu kulturellen Veranstaltungen in der Umgebung von Leer oder auch in die Niederlande. Das soll alles sein?

Und wenn ich nach Köln zurückginge? Während ich diesen Gedanken gerade bearbeiten will, geht die Badezimmertür auf und Paul zeigt sich. Ich möchte einen Witz loslassen, wie zum Beispiel ‚Du siehst aus wie das Leiden Christi', traue mich jedoch nicht. Manchmal haben wir tatsächlich gemeinsam über dieselbe Sache gelacht, höchst selten zwar, aber es war möglich. Die Zeit für Witze ist erst einmal vorbei, denke ich.

Pauls sieht mich an und will sich ein Lächeln abquälen, es gelingt ihm nicht. Ich reiche ihm beide Hände und ziehe ihn neben mich auf das Bett. Dabei fühle ich mich wie eine Mutter, die ihren Sohn beschützen muss.

‚Das kann nicht wahr sein', denke ich noch, als mir Paul seine Arme um die Schultern legt. An den Stellen, an denen er mich berührt, erwärmt sich meine Haut und was sich darunter befindet.

Ich möchte schreien, aber ohne Publikum geht das nicht. Paul würde sich nur die Ohren zuhalten. Seine Hände löse ich von meinen Schultern.

„Hast du noch ein Bier für mich, Paul?"

Eilfertig verlässt er im Pyjama die Wärme des Wohnmobils, um ein Bier aus einer Kühltruhe zu holen, wortlos. Ich nehme zwei Gläser aus dem Schrank und setze mich wieder an den Tisch, ich spüre, dass mir die Argumente ausgehen werden. Ich kann dem Mann nichts Verständliches bieten. Als Paul zurückkommt und die Bierflasche geöffnet, die Gläser gefüllt hat, gehe ich in die Offensive, mit Herzklopfen und dem Gefühl, ein falsches Spiel zu spielen.

„Sagst du mir bitte, wie du herausgefunden hast, dass ich ins Hotel gegangen bin?"

„Du hast mich ja immer als misstrauischen Menschen gesehen, Anna. Damit hast du mir Unrecht getan. Aber gestern war ich es, ein wenig."

„Und?"

„Ob du mir nun glauben wirst oder nicht, es war eine merkwürdige Entwicklung bis dahin, die erst ein paar Tage zurückliegt."

Paul sieht mir in die Augen. Ich weiß, dass er die Wahrheit sagt, und ich warte. Er ist nicht unsicher, er weiß, was er sagen wird oder muss.

„Es war an dem Vatertag, als ich dich erstmalig belogen habe. Ich bin nicht mit den besagten Männern unterwegs gewesen, sondern mit dieser Frau, du weißt schon."

„Hat sie einen Namen?"

„Birgit heißt sie. Ich war ein paar Mal mit ihr gemeinsam joggen, wie sie es auch hier erzählt hat."

„Nur joggen?"

„Ja."

„Und was geschah an dem Vatertag?"

„Ich hatte plötzlich ein ganz seltsames Gefühl, das mir Angst machte."

„Bitte, Paul, mach es nicht so spannend, erzähl weiter."

„Also, ich kam mir vor, als hätte ich dich verraten. Ich ging mit einer anderen Frau joggen und du bliebst auf dem Campingplatz."

„Und dann?" Ich wurde ungeduldig. „Paul, bitte!"

„Ich muss doch selbst erst alles zusammenfügen. Wir waren gerade an dem Ruderclub vorbeigelaufen, als ich von weitem eine Frau ankommen sah, die dir ähnelte. Ich versuchte Birgit vom Weg wegzuziehen zwischen die Bäume und unter einem Vorwand dort stehenzubleiben, bis ich sicher war, wer uns da entgegenkam. Sie ahnte nichts, denn ich spielte den Mann, der außer Atem war und auch etwas von dem mitgeführten Wasser trinken musste.

Dann sah ich dich. So habe ich dich nie laufen sehen. Und ich hatte ein schlechtes Gewissen, dass ich mit der Frau und nicht mit dir am Rhein joggen ging. Wir liefen dann auch weiter, wobei ich die Lust verloren hatte. Ich sagte ihr, ich würde lieber zurückgehen und wir könnten uns am Abend wiedersehen. Sie war etwas überrascht. Es ging ganz schnell, dass wir uns verabschiedeten.

Und jetzt kommt es, ich sah dich noch durch das Tor gehen, das zum Ruderclub führt. Ich wusste nicht, was ich tun sollte, ich wollte dir nachlaufen, aber gleichzeitig war ich nicht sicher, ob das gut sei. Ich ging also ganz langsam in dieselbe

Richtung. Als ich deine Stimme hörte und sah, wie du mit einem fremden Mann so vertraulich am Tisch saßest, da ging bei mir alles drunter und drüber. Irgendwie, ich war sehr aufgeregt, kam ich auf unseren Campingplatz, schnappte mein Fahrrad und drehte ein paar Runden auf dem Platz, wie ein Verrückter immer im Kreis. Das ist die Strafe dafür, dachte ich, dass ich mit einer anderen Frau Kontakt aufgenommen habe. Ich sah hin und wieder auf meine Uhr, in der Hoffnung, du würdest zurückkommen. Dann könnten wir miteinander sprechen und ich würde alles aufklären und wir wären wieder ein Paar."

Paul sieht mich an, ich sehe ihn an, ich schüttele den Kopf, weil mir nichts einfällt in dieser Phase seines Geständnisses, das ich nicht für notwendig gehalten hätte. Aber ich fühle, dass er beschämt ist, denn in seinen Augen steht die Frage: glaubst du mir oder nicht?

„Weiter, bitte, Paul."

Er seufzt. „Ich meine, es war eine Viertelstunde vergangen, als du langsam auf unser Wohnmobil zugingst. Aus sicherer Entfernung sah ich dich hineingehen, dann warst du auf dem Weg ins Waschhaus. Eine Ewigkeit dauerte es für mich, als ich dich dann wieder sah."

„Was hast du dir gedacht, und warum bist du nicht direkt auf mich zugekommen?"

„Ich wusste noch nicht, wie ich ein Gespräch mit dir beginnen könnte. Und ich wusste nicht, was du vorhattest. Aber irgendetwas an dir war mir fremd. Ich weiß nicht, ob es dein Gang war oder das Tempo, das ich so nicht an dir kannte. Ich blieb einfach in der Nähe, so dass ich die Tür vom Wohnmobil im Blick hatte."

„Und dann? Bitte, Paul, sprich weiter!"

Er zögert, jetzt muss er mit der Wahrheit heraus, das ist ihm peinlich, glaube ich. „Das weißt du doch alles viel besser als ich", kommt es aus ihm heraus. „Du darfst mich gern korrigieren, wenn ich etwas vergessen haben sollte oder etwas nicht stimmt."

Er sieht mich an. Wir haben noch keinen Schluck getrunken, das Bier sieht schon ganz schal aus. Wie auf Kommando greifen wir nach den Gläsern. Paul sieht mich wieder an und lächelt dabei.

Es ist rührend, und plötzlich fühle ich mich im Widerstreit, es summt in meinem Kopf, als wäre mein Speicher dabei aufzuräumen und eine neue Ordnung herzustellen, um mich damit zu überraschen. Und das wäre dann wirklich eine, denke ich. Ich darf meine Linie nicht verlieren, ihm nicht die Führung überlassen, das gefährdet mein Programm.

Aber existiert es noch oder hat es bereits ein Update gegeben? Woher soll ich denn plötzlich diese Klarheit nehmen, wenn mir ein vertrauter Mensch gegenübersitzt, der mir ein Geständnis macht über ein Ereignis, das ihm auf der Seele brennt und das ich kennenlernen soll, damit wir gleichauf sind mit unseren Sünden und dem Versteckspiel dabei?

Er meint es ernst, und er sieht die Gefahr, in der wir beide stecken, er denkt, er mehr als ich. Aber ist das so? Nein, entscheide ich, es ist ganz anders. Aber ich lasse ihn ausreden, fordere ihn auf, nicht zu zögern.

„Als du dann mit Gepäck aus dem Wohnmobil kamst und das Fahrrad beladen hast, wurde ich sehr unruhig, eigentlich war es Angst, die mich befiel."

„Angst?"

„Ja, Angst, Anna!"

Lange hat er nicht meinen Namen ausgesprochen, und gerade jetzt muss er das tun, denke ich. Das passt mir nicht. Das will ich nicht. Ich muss streng bleiben, sonst habe ich verloren. Was daran nun wieder richtig ist oder nicht, das alles kann ich nicht sagen. Aber dass jetzt ich langsam ängstlich werde, das spüre ich. Ich sehe ihm absichtlich streng in die Augen.

„Ich fühlte es ganz eindeutig, Anna, dass du gehen würdest, weg von mir. Und ich durfte das nicht zulassen. Ich war der Meinung, dafür bestraft zu werden, dass ich mit dieser Frau joggen gegangen war, und das nicht erst einmal. Und ich glaubte auch noch, dass sie sich Hoffnungen machte."

„Weiter, Paul, du drückst dich um die Erklärung, woher du wusstest, wo ich war!" Gleichzeitig trinken wir einen Schluck vom Bier. Es ist nur nass, es schmeckt nach gar nichts mehr.

Mit einem Blick auf seine Uhr stellt Paul fest, dass es drei Uhr ist, tiefe Nacht, alles um uns herum schläft wahrscheinlich, vielleicht läuft noch der eine oder andere Fernseher, auch ohne dass jemand noch danach schaut. Alle Hunde sind auf ihrem abendlichen Gang gewesen, der schon Stunden zurückliegen muss. Ein paar Katzen streichen möglicherweise um Fahrzeuge und Plätze. Mit einem „Warum quälen wir uns so, Paul", versuche ich ihn anzutreiben. Ich bin müde und ich weiß, das Schlimmste liegt noch vor uns. Er ahnt es, da bin ich sicher.

Paul holt tief Luft, bevor er fortfährt: "Mein Herz pochte wie wild, als ich dich wegfahren sah. Unglaublich schnell ging ich ins Wohnmobil, übersah fast deinen Zettel mit der Nachricht, las ihn, mir wurde schwarz vor Augen, ich riss mich zusammen, stürmte nach draußen, schnappte mein Rad und fuhr hinter dir her. Ich wollte nicht, dass du mich bemerkst, ich tat unrecht, das redete ich mir ein, obwohl ich keine Ahnung hatte von dem, was auf mich zukommen würde.

Kritisch wurde es in der Straßenbahn, ich quetschte mich und das Rad im letzten Moment durch die Tür, hörte wie durch einen Filter ein paar Männer schimpfen. Das war egal, ich musste den Überblick behalten und durfte deinen Ausstieg nicht verpassen. Jetzt war ich wie besessen. An jeder Haltestelle kontrollierte ich die Aussteigenden. An der Haltestelle am Dom wurde es hektisch, ich sah dich schon draußen, aber du hast fast alle Leute vorgelassen, als würdest du überlegen, wie es weitergehen sollte. Das verstand ich nicht. Ich hatte Mühe, mich und das Rad noch rechtzeitig aus der Bahn zu bekommen und vor dir zu verbergen, solltest du dich einmal umdrehen.

Und das geschah wirklich. Ich weiß nicht, ob du jemanden erwartetest oder suchtest oder was sonst. An der Treppe sah ich dich, wie du einen Mann ansprachst und wie er mit deiner wohl ziemlich schweren Tasche die Treppe hochlief, du mit dem Rad hinterher, oder umgekehrt, das kann ich nicht mehr sagen. Und ich folgte euch in einigem Abstand." „Gut beobachtet, Paul", versuche ich etwas Lockerheit in das Gespräch zu bringen, weiß jedoch genau, dass hier kein Zimmer-

Theater eine Probe abhält, sondern ein mir vertrauter Mensch sich ernsthaft bemüht zu schildern, was er gesehen und gefühlt hat. Obwohl ich das würdigen kann, dauert es mir zu lange. Mir fällt es schon in diesem Augenblick schwer, an meinem Plan festzuhalten. Und warum wohl? Weil dieser Paul sich so zeigt, wie er ist. Er ist so, wie er sich zeigt. Daran gibt es keinen Zweifel. Das ist sein großes Plus. In diesem Moment sieht er mich an, wie um abzuschätzen, wie meine Gefühlslage sein könne. Das hat ihn früher, ja, vorgestern noch, überhaupt nicht interessiert. So war jedenfalls meine Wahrnehmung.

„Weiter, bitte."

Paul sieht auf seine Uhr und fährt dann fort: "Ich hatte ein Problem, während ich dir folgte. Ich musste überlegen, entweder dich oder meinen Bootskauf weiter im Auge zu behalten. Das Boot war wichtig für mich. Ich hatte mir fest vorgenommen, einmal mit dir vom Campingplatz aus auf den Rhein zu gehen mit einem Paddelboot, davon träumte ich schon lange. Und als ich deinen Zettel im Wohnmobil fand, dachte ich, bevor du ein Boot kaufst, tu ich es. Vielleicht würde dann doch noch alles wieder gut ..."

Ich staune, dass Paul meine hinterlassene Notiz so wörtlich nehmen konnte. Meine Absicht dahinter war doch eine ganz andere, aber das kann ich ihm jetzt nicht sagen.

„Wieder gut, wie meinst du das denn? Mit einem Boot ist doch keine Beziehung plötzlich frei von Trennungsabsichten. Das ist absurd, Paul."

Wieder dieser Blick von ihm, er versteht mich nicht, damals nicht, gestern nicht und auch heute nicht. Nie.

„Also hast du dich für den Bootskauf entschieden und bist mir nicht weiter gefolgt, das kann ja nicht stimmen?"

„So ist es nicht abgelaufen. Ich hatte noch zwei Stunden Zeit, bis ich im Mühlheimer Wassersportverein jemanden treffen sollte, den ich von früher kenne. Den hatte ich nach einem Paddelboot gefragt. Sein Sohn hatte eins zu verkaufen. Wir verabredeten uns und wollten es am Vatertagnachmittag nach Rodenkirchen bringen. Eine Überraschung für dich."

„Schöne Überraschung." Ich wurde jetzt ungeduldig, zeigte es auch. „Du hast das also ohne mich geplant, das Boot, deinen Termin und mir nachzuspionieren. Was ging denn da in deinem Kopf herum?"

„Ich wusste doch nicht, was mir am Donnerstag, als ich vormittags den Campingplatz verließ, alles bevorstand." Er sah auf die Uhr, hielt sie mir vors Gesicht. „Es ist vier Uhr früh, Sonnabend. Das ganze Dilemma ist nicht mal zwei Tage alt. Und nun sitzen wir hier, und alles soll kaputt sein? Wir haben ein Boot und könnten so viel unternehmen."

„Bitte, Paul, weiter, bleibe beim Thema, ich bin müde. Wenn du wenig Zeit hattest, wie konntest du mir den Zettel im Hotel abgeben?"

„Das war nicht ich", er sieht ganz nachdenklich aus. Ich war jetzt mehr als ungeduldig.

„Ich habe noch verfolgt, wie du dich mit dem Mann im Zeit-Café in die Sonne gesetzt hast. Dann …" Paul sah mich an, er suchte nach Worten, „dann habe ich im Bahnhof einen jungen Mann gefragt, ob er mir einen Gefallen tun würde."

„Du hast was getan?" Ich zweifle langsam nicht nur an mir, sondern auch an Paul.

Wieder holt er tief Luft. „Ich bat ihn, euch nicht aus den Augen zu lassen. Dann fragte ich ihn um ein Stück Papier und diktierte die Worte, die du kennst. Das Papier sollte er in einem geeigneten Augenblick euch oder dir aushändigen. Ich wollte dir damit auch signalisieren, dass du dir keine Sorgen machen solltest, denn ich würde wissen, wo du bist, wenn es nötig wäre, dir zu helfen." „Ach du meine Güte", sage ich ganz platt. „Bist du sicher, dass diese Interpretation wirklich deine Absicht war? Mir kommt das sehr verwegen vor."

„Natürlich. Ich gab ihm Geld und meine Handynummer und er mir seine, für alle Fälle. Er schien mir zuverlässig. Sicher dachte er, dass ich ein komischer Vogel sei, aber das war mir egal. Ich glaubte ihm und das zählte. Und im Übrigen machte ich mir Sorgen um dich. Kannst du dir nicht vorstellen, wie es mir ging?"

„Ich weiß nicht, Paul, was ich denken soll. Das klingt alles so konstruiert und sauber geplant, dass da für Emotionen kaum Raum bleibt."

„Das Boot haben wir nach Rodenkirchen gebracht, mein Kumpel und ich. Es sieht doch gut aus, oder? Aber wenn du denkst, dass alles so einfach war, das stimmt nicht. Ich war unruhig und hatte immerzu nur den einen Gedanken: hoffentlich ist Anna nichts passiert. Gleichzeitig war ich optimistisch und freute mich auf dich und wie ich dich mit dem Boot überraschen würde. Vor allem, als ich am Abend den Anruf erhielt, dass Ihr im Hotel wäret. Dann ginge es dir ja gut. Ich dachte: Hoffentlich hat sie noch kein Boot gefunden."

Er sieht mich an, als solle ich ihm Beifall spenden. Stattdessen bin ich nun kaum noch müde, dafür aber sehr hungrig. Schlimmer ist allerdings, dass ich die verworrene Geschichte nicht so einfach glauben kann. Und, was ich auch nicht verstehe, ist die Tatsache, dass er mich bis jetzt nicht auf die Übernachtung im Hotel angesprochen hat. Konnte es sein, dass er das bewusst ausblendet? Denn gestern, als die Frau dabei war, machte er eine Anspielung darauf und schien wütend zu sein.

„Warst du nicht wütend auf mich?"

Ich merke, wie ich ihm auf den Leim gehe. Einfühlsam wie ich bin, interessiert mich sein Gemütszustand. Ich sollte besser meine Tasche packen, ein Taxi bestellen und verschwinden, wohin auch immer, nur weg von ihm.

Anstatt direkt zu antworten, steht Paul auf, spricht nicht mehr mich an, sondern die Wände oder Gegenstände. Ich kann sein Gesicht nicht sehen, das stört mich. Während er nun auf und ab geht, höre ich ihn sagen, was er wohl sagen muss: "Du tust alles, um mich daran zu erinnern, in welchem Zustand ich mich befand! Ich will das nicht, ich will nicht über das sprechen, was war, sondern was sein wird. Das muss doch reichen. Wir haben sicher beide Fehler begangen, ohne es zu beabsichtigen. Die Summe dieser Verfehlungen darf doch keine Rolle mehr spielen, oder?"

Ich bleibe stumm. Er steht hinter mir, packt mich an den Schultern. Ich drehe mich um, möchte seine Augen sehen. Das verhindert er, indem sein Druck fester wird. Ich fühle mich fixiert, kann mich nicht bewegen. Ich will diese Hände abschütteln. Es gelingt mir nicht. Ich werde wütend.

„Lass mich sofort los, Paul", sage ich laut und energisch. Er zuckt kurz zusammen, lässt jedoch nicht los.

„Was soll denn das, so geht das nicht!" Ich werde lauter. Ich spüre seinen Atem in meinem Nacken, dann am Ohr. Er flüstert: "Anna, du gehörst zu mir, zu keinem anderen Mann! Das weißt du, und das bleibt so! Was war so schlimm, dass du jetzt anderen Männern hinterherläufst?"

Mit aller Kraft stemme ich die Arme auf den Tisch und erhebe mich, mein Kopf stößt unter sein Kinn, er lässt mich los, ich versuche zur Tür zu kommen, aber er ist schneller und versperrt mir den Weg hinaus.

„Du kommst hier nicht heraus, bevor wir uns einig sind, wie es weitergeht mit uns". Auf seinem Gesicht sehe ich rote Flecken, er ist sehr aufgeregt. Wenigstens sieht er mich wieder an. Ich habe den Eindruck, dass er sich in diese Rolle zwingt aus Verzweiflung darüber, dass ich keinen Kompromiss sehe, der uns zusammenführen könnte.

Nichts als eine kleine Hypothese, was ich mir da zusammenreime.

Ich setze mich wieder hin, versuche ruhig zu erscheinen, wühle in meiner Tasche und finde mein Handy. Als ich es einschalte, verlässt er seinen Wachtposten an der Tür und sieht mir über die Schulter.

„Gib mir das Handy, Anna, bevor du Unsinn damit treibst, bitte!" Diese Bitte ist keine, sein Verhalten macht mich wütender. Er versucht mir das Handy aus der Hand zu nehmen, es gelingt ihm. Ich springe auf: „Das ist Nötigung, du kannst mich weder hier festhalten noch mir mein Kommunikationsmittel wegnehmen. Das ist dir doch bekannt, oder?"

Ich bin verzweifelt über diese Eskalation, möchte ihn beruhigen, ohne Boden zu verlieren, also das Unmögliche möglich machen. Blitzschnell ausgeführte kleine Aktionen sind die einzige Hoffnung für mich. Aber er ist alarmiert, weil er sieht, dass ich nicht aufgebe.

Paul hält das Handy fest in seiner Hand, seine Knöchel an den Finger sind weiß von der Anspannung. ‚Wie traurig', denke ich. ‚Wir sind doch erwachsene Menschen und an Achtung voreinander hat es bisher kaum gemangelt. Müssen wir noch tiefer in die Niederungen eines sinnlosen Kampfes dringen? Szenen einer Ehe fallen mir ein, wo es dann auch zu körperlicher Gewalt kommt. Widerlich, und wir sollen uns aus freiem Willen auf dieses Niveau begeben?'

Diese Worte, hätte ich sie ausgesprochen, währen bei Paul nicht angekommen. Das weiß ich sicher. Mein Handy hat er erst einmal. Und damit fühle ich mich ausgeliefert. Je mehr er darauf besteht, dass wir ein Paar bleiben sollen, desto weniger Spielraum steht uns zur Verfügung.

‚Er muss das erkennen', denke ich, ‚er ist doch nicht dumm!'.

Paul sieht mich an. Aus seinen Augen sprechen zugleich Hilflosigkeit und fester Wille, nicht aufzugeben. Diese Mischung ist wohl eine, wie sie stets sein Leben begleitet hat. Armer Kerl, der Mann. Er wird niemals zu sich selbst finden. Aber was geht mich das noch an. Ich muss weg von hier, fort vom Campingplatz, von ihm, notfalls auch aus Leer verschwinden und in Köln den Faden wieder aufnehmen. Ich träume. Er muss weg, das habe ich eine Zeitlang gedacht. Und wenn er nicht freiwillig geht, muss jemand nachhelfen.

Wenn ich ihn so betrachte, schlägt er die Augen nieder. Aber ich darf mich nicht täuschen lassen. Er wird kämpfen bis zum bitteren Ende. Diese alberne Redewendung erhält heute durch mich eine reale Komponente zugewiesen.

Ich versuche es auf andere Art. Ich sitze unbequem, total verspannt, sehe diesen so oft von mir verfluchten Gegenstand in seiner Hand, deute mit dem Zeigefinger darauf: "Das Handy wird weder mich noch dich glücklich machen, Paul. Leg es einfach in die Ecke. Ich möchte das Gelände hier verlassen, da ich momentan viel zu genervt bin, um mit dir gemeinsam nach einer Lösung zu suchen. Ich möchte nach Hause fahren mit dem Zug. Ich will mir auch nicht ausmalen, was in dieser Nacht noch alles geschehen könnte, was uns später mal leidtun würde. Verstehst du mich? Ich sage ja nicht, dass ich mich grundsätzlich über dich beschwere, im Gegenteil, ich bin genauso involviert und an allem beteiligt, was uns beiden im gemeinsamen Leben begegnet ist. Ich spreche nicht von Schuld, nicht von Absicht und Lügen und dergleichen. Das haben wir nicht gelebt und das ist gar nicht unser Thema."

Paul folgt meinen Worten, das sehe ich an seinem Gesicht. Er ist nicht fähig, sich zu verstellen. Ich lese alles ab, was er denkt. Das weiß ich, aber er wird es nicht wissen. Und genau das gehört auch zu ihm, wie seine Zweifel an sich selbst, wie sein Unvermögen, Freundschaften zu schließen. Ich habe vor Jahren einmal geglaubt, dass Paul nur geheiratet hat, um nicht total ausgegrenzt zu werden, um den Schein zu wahren und dafür das Opfer zu bringen. Das bedeutet nicht, dass er zu Gefühlen nicht fähig ist, keineswegs. Den Menschen, den alltäglichen, den habe ich kennengelernt, aber nicht seine Persönlichkeit, das innere Wesen, das, was man nicht jedem offen legt. Das wird er mit ins Grab nehmen, wenn es auch seltsam anmutet, so etwas über einen Mann in den besten Jahren zu mutmaßen. Meine Gedanken kommen extrem schnell unter dieser Spannung, die sich hier aufgebaut hat. Ob er das bemerken kann? Ich möchte auf diese Art Zeit gewinnen. Sonst wird er weiter machen, immer weiter. Er spielt den Türhüter nicht, er ist einer. Hier im Inneren seines geliebten Wohnmobils muss Paul die Führung übernehmen. Das ist seine vordringliche Aufgabe. Was außerhalb geschieht, ist für ihn gefährlich, und ich bin in seinen Augen auch in Gefahr, er muss mich behüten.

Verzweiflung

„Was soll ich tun, um telefonieren zu dürfen, Paul?"

„Da gibt es nichts, was du tun könntest."

„Wie geht es weiter?"

„Was soll weitergehen? Wir gehen jetzt schlafen wie immer."

„Ist das dein Ernst, Paul?"

„Sicher."

„Du sperrst mich also ein?"

„Wenn du es so bezeichnen möchtest, bitte!"

„Ich möchte es weder so bezeichnen, noch erleben."

„Ich mache uns etwas zu trinken, was uns wärmen wird. Die Heizung werde ich abstellen. Wir gehen ja doch gleich ins Bett."

Er stellt die Gasheizung ab, geht zum Kühlschrank und kommt mit einer Flasche Whisky und zwei Gläsern zurück. Erst jetzt fällt mir auf, wie gespannt ich ihn beobachte, anstatt weiter nach Fluchtmöglichkeiten zu suchen. Vielleicht liegt das daran, dass Paul mir erstmalig eine Sicherheit demonstriert, die ich an ihm nicht kenne. Ich darf nicht noch leichtsinniger werden.

Er füllt die Gläser halb voll, ohne mich zu fragen, nicht einmal durch einen Blickkontakt. Er setzt sich wieder, neben den Eingang, den Rücken zum Fenster. Ich bin für ihn da und doch nicht gegenwärtig, das kennzeichnet seine Schwäche. Daraus sollte ich einen Vorteil ziehen.

Ich nehme mein Glas und trinke den ersten Schluck, nicht, weil ich gern Whisky trinke, sondern weil ich ihm das Gefühl vermitteln möchte, länger noch hier sitzen bleiben und nach Lösungen für das, was er als Dilemma bezeichnet, suchen zu wollen. Gedankenverloren nimmt er sein Glas auf und prostet mir zu. Wer uns in diesem Augenblick sehen könnte, hätte keinen Anlass zu der Annahme, es ginge um unser Leben.

„Schmeckt nicht schlecht, etwas seifig, finde ich, aber ich verstehe ja auch nichts davon, wie du weißt." Ich nehme einen weiteren, jetzt größeren Schluck. Das bemerkt Paul. Er lacht.

„Das habe ich nicht erwartet, Anna, es ist lange her, dass wir uns gemeinsam betrunken haben. Vielleicht hatten wir das

Stadium überhaupt noch nie gemeinsam erreicht, oder an was erinnerst du dich dabei?"

„Ich glaube, Letzteres stimmt. Na, wir werden sehen, wie das auf uns wirkt."

Heute Nacht wird eine Rolle von mir gefordert, die ich nicht mag, aber die auf dem selbstbestimmten Programm steht. Hoffentlich täusche ich mich nicht. Paul beginnt über mich zu staunen. ‚Er hat mich nicht mehr in den Augenwinkeln', denke ich.

„Bist du auch hungrig", er steht auf und geht an den Kühlschrank, ohne eine Antwort abzuwarten. Papier raschelt, als er Brot und ein Stück Käse herausnimmt, nach einem Holzbrett sucht und dann Besteck aus der Schublade entnimmt. Er bewegt sich, als ob er mich vergessen hätte.

In dem Moment kommt von draußen ein kurzes Aufleuchten einer Taschenlampe oder Ähnlichem. Paul kann das aus seiner Position nicht bemerken.

Blitzschnell ziehe ich die Gardine beiseite, sehe einen Mann mit Hund vorbeigehen, klopfe mit meinem beringten Finger mehrere Male an die Scheibe. Der Lichtschein stockt, ist ein Stück zurückgekommen und hält jetzt auf mich.

Bevor Paul begreift, was da geschieht, habe ich das Fenster geöffnet und schreie, so laut ich kann: "Hilfe, bitte rufen Sie den Notarzt, mein Mann ist krank!" Paul reißt mich vom Fenster weg, so dass ich nicht mehr sehen kann, wen ich angeschrien habe.

„Was machst du da, Anna? Bist du wahnsinnig? Mitten in der Nacht so ein Geschrei loszulassen?" Abrupt will er das Fenster schließen, aber ich habe noch einmal die Gelegenheit zu schreien, bevor er mir die Hand vor den Mund hält und das Fenster nach innen schließt. Ich versuche noch, dem Lampenschein mit den Augen zu folgen, aber er ist wohl schon zu weit entfernt.

„Was soll das, das ist unsere Privatangelegenheit!"

„Nein, ist es nicht, Gewalt ist nichts Privates in unserer Gesellschaft, die Zeiten sind vorbei, mein Lieber!"

„Egal, falls jemand kommt, dem werde ich das schon klarmachen, darauf kannst du Gift nehmen. Wir gehen jetzt schlafen, du kannst ins Bad gehen, wenn du möchtest." Er will mich hochziehen von der Sitzbank. Ich halte dagegen.

„Ich warte auf den Arzt", erkläre ich sehr ruhig und bleibe sitzen.

„Das wird dir nicht helfen, denn ich werde nicht öffnen!" Als er mit dem Gesicht näher unter die Deckenlampe kommt, sehe ich sein vor Aufregung gerötetes Gesicht. ‚Was der Mann noch alles mitmachen muss', denke ich. Verdammte Rolle, die ich nicht abschütteln kann nach all den Jahren, wie kann ich auf diese Art Erfolg haben mit meinem Fluchtvorsatz.

„Bitte, gib mir von dem Käse und dem Brot", spreche ich ihn an, obwohl ich aufgewühlt und kaum in der Lage bin zu sprechen. „Ich bin hungrig, Paul, alles gerät durcheinander."

Er kommt stattdessen mit der Whiskyflasche und schenkt mir einfach ein, das Glas randvoll. Ich schiebe es von mir und denke noch, er wird das akzeptieren müssen, da landet das Glas mit Inhalt auf meinen Oberschenkeln. Ohne Worte hole ich mir aus dem Kleiderschrank einen Pullover und meine blauen Jeans, gehe ins Bad, ziehe den Riegel davor und kleide mich um. Es ist ein mechanischer Vorgang ohne Emotionen, da ich das Ende dieser Veranstaltung nahe sehe. Ich gehe fest davon aus, dass der Platzwart den Notruf getätigt hat. Woher ich diese Sicherheit nehme, kann ich nicht begründen oder erklären. Eine weitere Eskalation werde ich zu verhindern wissen, denn ich möchte für unsere Beziehung ein würdiges Ende.

Wäre Pauls Tod die logische Konsequenz und Voraussetzung für ein Weiterleben für mich? Diese Frage zu formulieren, macht mir in dieser Minute Angst. Meine Verzweiflung ist doch nicht so groß, wie ich in den letzten Tagen angenommen habe. Paul ist ein fester Bestandteil meines Lebens in den vergangenen zehn Jahren gewesen, das ist von mir zu keinem Zeitpunkt in Zweifel gezogen worden. Jetzt, wo er mir so nah ist durch die Bedrohung, der er mich ausgesetzt hat, sind Wut und Enttäuschung das, was ich empfinde. Trotzdem kann ich seinen echten Schmerz erkennen, ja, er trifft mich sogar, auch wenn ich mich sperre. Paul steht vor mir, wie er noch nie vor mir gestanden hat, fleht mich an, bittet mich um Verständnis für das, was er getan hat, meint natürlich dieses Joggen mit einer fremden Frau, was lächerlich ist, aber das ist sein Weltbild, er will die heile Welt um jeden Preis, er will weiterhin seine Designerbrille tragen wie andere Menschen ihr falsches Lächeln, ihre Versprechungen, die schon in der Phase des Formulierens und Aussprechens nichts als Betrug und Lüge sind. Diese Art von Umgang mit anderen kennt Paul nicht, hat vielleicht Erfahrungen mit dem einen oder anderen gemacht, hat diese Leute durchschaut oder auch nicht, ist jedoch nicht umgestiegen auf diese Art, das Leben zu einem ungleichen Spiel mit vorgegaukelten Gefühlen verkommen zu lassen. Das ist eine Menge, was ich ihm zugutehalten muss

Es sind sicher zehn Minuten des Schweigens vergangen. Paul ahnt nichts von meinen Gedankengängen. Sie würden ihn nur verwirren. Plötzlich höre ich Geräusche draußen, mehrere Stimmen. Das Bad hat kein Fenster, nur im Dach. Ich öffne die Tür, schaue um die Ecke und sehe Paul in der geöffneten Tür stehen, im Gespräch mit zwei Männern, die mich, als sie mich erblicken, fragend ansehen. Paul dreht sich um zu mir und will mich wieder ins Bad zurückschieben, als einer der Männer in den Wagen kommt. Paul muss sich entscheiden, entweder mich freizulassen oder den Mann hinauszuschicken. Diese kleine Zeitspanne nehme ich mir, um dem Mann klarzumachen, dass ich gehindert werde zu gehen.

„Was ist mit Ihnen?" wendet er sich an den erschrockenen Paul.

„Sie will mich verlassen, aber ich möchte mit ihr gemeinsam nach Hause fahren morgen." Er sieht mich an und wartet auf meine Zustimmung. Die kann ich ihm nicht geben.

„Was ich vorhin zu dem Platzwächter gesagt habe, war ein Vorwand, um hier herauszukommen. Nehmen Sie mir das bitte nicht übel. Wenn ich Kosten verursache, zahle ich das selbstverständlich. Nehmen Sie mich mit zum Kölner Hauptbahnhof, bitte? Ich benötige nur fünf Minuten zum Packen."

Paul ist still, die Männer beraten sich, halb stehen sie draußen, halb drinnen auf der Treppe.

Einer sieht mich an: "Möchten Sie sich nicht lieber an die Polizei wenden? Wir dürfen so etwas nicht tun. Stellen Sie sich vor, wir werden gleich zu einem Einsatz gerufen! Das geht nicht. Tut uns leid!"

„Tun Sie mir dann bitte den Gefallen und rufen Sie ein Taxi, das mich zum Bahnhof fährt, ich habe mein Handy verloren", frage ich und bin froh über meinen Einfall. Paul sitzt inzwischen wortlos am Tisch, blickt wie ein Theaterbesucher den jeweils Sprechenden an, ein Kopfschütteln ist das einzige, wozu er in der Lage ist. Er beginnt ein Stück Brot zu essen, während einer der Männer das Taxi bestellt und fragt, wie lange es dauern wird, es sei eilig, betont er. Dafür bin ich ihm dankbar. Worte habe auch ich nicht mehr.

Plötzlich sagt Paul: "Bitte, kommen Sie doch so lang herein, es ist doch noch ziemlich kühl um diese Jahreszeit."

Die Männer setzen sich. Ich bin den Tränen nahe. Ein so stilles Drama ist schwerer zu ertragen als eine heftige Auseinandersetzung, denke ich.

Als ich meine Tasche packe, fühle ich Pauls Augen auf mir ruhen. Dass ich zittere, hat nichts mit Hunger oder Durst zu tun. Das, was jetzt hier stattfindet, habe ich nicht gewollt, wenn ich es auch ausgelöst habe. Die drei Männer, Paul ist auch beteiligt, sprechen über die letzten Fußballspiele des 1. FC Köln. Sie sind ebenso wie Paul Fans. So sagt jedenfalls Paul von sich. Es sei doch ein Phänomen, dass die Spieler des FC im eigenen Stadion schlechter spielten als bei den Gegnern auf deren Plätzen. Aber Kölner sind eben sowieso anders.

Normalerweise hätte ich mich ins Gespräch gebracht, aber ich bin in Erwartung einer schlimmen Minute oder einiger schlimmer Sekunden. Ich weiß, jetzt ist unser Abschied, jetzt gibt es kein Zurück mehr, auch wenn mir ein triftiger Grund dafür nicht einfallen will. Ich hatte doch so viele Argumente, und nicht zuletzt habe ich zwei nette Männer getroffen, bei denen ich mich gut aufgehoben fühlte. Gebe ich alles auf, was habe ich dann noch, was bleibt mir? Mutter, Vater, Kollegen, Arbeit? Auch diese Männer, die ich traf, sind eingebunden in ein System, in dem sie Anerkennung, Halt, Wärme, Freunde, vielleicht auch Familie haben. Zu glauben, dass da draußen irgendwo jemand auf mich warten sollte, was für eine Lotterie wäre das, mit einem garantierten Gewinn.

Ich höre ein leises Motorengeräusch. Ich sehe Paul und er sieht mich an.

Die Männer sprechen mit dem Fahrer, es wird langsam hell, Sonnenaufgang, denke ich.

Paul und ich gehen aufeinander zu. Ich fasse ihn an den Schultern, drücke ihn und flüstere in sein Ohr: "Sei nicht traurig, Paul, ich fahre jetzt nach Hause." Ich gebe ihm einen Kuss auf den Mund, und als ich mich abwenden möchte, spüre ich, dass er nicht loslassen will. „Noch einen, bitte, Anna", sagt er leise. Mit den Händen umfasse ich sein Gesicht, Tränen sind schon unterwegs auf meinen Wangen, ich küsse ihn noch einmal, drehe mich um und gehe langsam auf die Tür zu. Er folgt mir und steht noch im Licht, als ich ins Taxi steige, nachdem ich mich bei den Männern bedankt habe.

Ruhig verlässt der Fahrer das Gelände. Paul und ich winken uns zu, bis wir einander aus dem Gesichtsfeld verloren haben.

Zwei Wochen später in Leer

Ich spüre den sommerlichen Wind. Ich sehe, wie sich die dünnen Vorhänge vor den Schlafzimmerfenstern bewegen. Vogelgezwitscher dringt von außen herein und Schnarchlaute aus dem Bett nebenan. Mit einem Mal sitze ich aufrecht im Bett. Schnell ziehe ich die Bettdecke vor meine Brust, als wolle ich mich vor etwas schützen. Dann senke ich resignierend den Kopf.

‚Ich ertrage diese Schnarchgeräusche nicht mehr', ruft es tief aus meinem Innern. Dann geht ein Ruck durch meinen Körper, als wäre ich einer großen Gefahr ausgesetzt. Ich wende langsam und ängstlich den Kopf zur anderen Betthälfte und spüre, wie mein Blick starr wird. Das Bett ist leer.

Die Starre weicht. Auch an diesem Morgen weiß ich wieder: das Bett neben mir ist seit Tagen, genau gesagt, seit etwa zwei Wochen leer. Seit ich aus Köln zurückgekommen bin. Aber ich kann es immer noch nicht glauben.

‚Ich werde im September 41 Jahre alt', murmele ich halblaut und lasse mich wieder in die Kissen fallen.

‚Er ist tot, und ich lebe. Aber er ist um mich, und ich laufe mit einem schlechten Gewissen durch die Gegend. Nicht, weil er tot ist und ich lebe, nein, weil jemand für mich die Aufgabe übernommen hat, an der ich seit Jahren mit meinem Gehirn gearbeitet hatte. Das Schlimmste ist, dass das mein Geheimnis bleiben muss, wobei ich ersticke an dem Versuch, es nicht herauszulassen. Wer mich so sehen könnte, wie ich hier auf dem Bett liege, und wer meinen Monolog voll erfasst hätte, der würde sich fragen, was mit dieser Frau los ist.' Das frage ich mich auch. Bricht meine Ironie durch, die mich besonders kennzeichnet, dann danke ich den Politikern dafür, dass es in diesem Land keine Kommission für seelische und geistige Gesundheit gibt, deren Beauftragte mich schon längst durchschaut haben würden und mich als Mörderin angeklagt hätten.

Die reale Welt empfand ich in den vergangenen Tagen als ziemlich irrsinnig. Schon deshalb, weil ich bei der Rekonstruktion des Hergangs, wie er vor Gericht beschrieben wurde, schweigend im Zuschauerraum saß, während eine andere Frau wieder und wieder erzählte, wie es zum Tode von Paul S. gekommen sein musste. Dass dieser Mann offensichtlich Nichtschwimmer und in Panik geraten war, weil er die Gefahr erkannte, dass das kleine Boot kentern könnte.

Die Tat, von der ich wochenlang als meine Befreiungstat geträumt habe: es spielt keine Rolle mehr, dass es letztlich ein Unfall gewesen sein wird. Unterlassene Hilfeleistung stand im Raum, war aber schnell ad acta gelegt.

‚Ich muss aus dem Bett', sage ich fordernd zu mir selbst. ‚Ich werde Kontakt aufnehmen zu ihr und alles für sie tun, was ihr helfen kann, vielleicht auch ihr Gewissen zu erleichtern. Denn ich muss ihr wenigstens die Hälfte – oder sogar mehr – der Schuld abnehmen. Sie hat es für mich getan, ohne es auch nur zu ahnen. Es war letztlich ein Unfall mit Todesfolge.

Ich kann versuchen, diese Frau finanziell zu unterstützen, möglicherweise auch eine Freundin gewinnen.

Im Badezimmerspiegel findet sich in meinem Gesicht keine Spur von Verrücktheit. Im Gegenteil, lange habe ich nicht so strahlende Augen gehabt wie jetzt. Es ist vertrackt, dass ich das in der Öffentlichkeit und bei Freunden und Verwandten nicht zeigen darf. Und diese Augen habe ich nicht, weil Paul in einen anderen Zustand übergegangen ist, sondern weil ich mich frei fühle. Auch wenn er noch lebte, ich wäre frei.

Es sind nur wenige Menschen, die mehr über die Beziehung zwischen mir und Paul wussten und die sich immer schon gefragt haben, wie aus der fröhlichen jungen Frau von einst eine so traurige und sich selbst verleugnende Frau werden konnte, die ihrem Manne wie ein Hündchen hinterherdackelte. Ich, die ich vor Jahrzehnten das Geld für den Start seiner Designerbrillen-Karriere auf den Tisch gelegt habe, was war nur damals in mich gefahren! Hat mich der Tod meines geliebten Bruders wirklich so verändern können?

‚Aber was hat Paul mir wissentlich angetan, welche Rolle habe ich damals übernommen, freiwillig auch noch. Oder doch

Und auch jetzt, da ich mich darüber ärgere, dass sein Einfluss auf mich auch Wochen nach seinem Tod noch durch sein lautes Schnarchen dokumentiert wird, dass ich davon aufwache, obwohl niemand da ist, der schnarcht.

Sollte ich nicht besser diese Wohnung und auch Leer verlassen?

Ich beginne ein Lied zu summen, während ich noch mit Zahnbürste und Paste beschäftigt bin. Ich stutze, dann lache ich. ‚Wie platt', sage ich und schaue wieder in den Spiegel. „All I need is love, lalalalala".

Peinlich. Ich drücke so kräftig auf die Tube, dass viel zu viel Creme an dem Bürstenkopf hängenbleibt. Mit dem Finger hole ich das runter und spüle es weg. Grimassen schneidend geht das morgendliche Ritual weiter.

Noch immer im Schlafanzug, gehe ich von Zimmer zu Zimmer und öffne alle Fenster. Vor einer großen Tür bleibe ich stehen, die Hand auf der Klinke zögert.

Nein, da geh ich nicht hinein. Ich will damit nichts zu tun haben. Seine Fotos mag ich nicht sehen, noch nicht. Und was ich hier möglicherweise noch alles so finden werde …Dafür ist die Zeit noch nicht reif!

Laut höre ich meine Worte: ‚Ich will endlich frei sein, und ich werde alles dafür tuuuun!!'

Warum hatte ich mich nicht aufraffen können, um meinen Teil zur Aufklärung von Pawlows Tod beizutragen und damit die in Verdacht der unterlassenen Hilfeleistung stehende Frau zu entlasten?

Der Staatsanwalt war tätig geworden, und ich hätte ihn nicht bremsen können, ohne zu lügen, ohne von meinem Vorsatz zu erzählen. Und dann hätte sich das Blatt wenden können.

Mein Name war bisher nicht in Erscheinung getreten. Man hatte nur nach mir gesucht, um mir die Todesnachricht zu überbringen. Und da ich zunächst in Leer nicht zu finden war und aus meiner Familie niemand von unserem Aufenthalt in Köln wusste, war ich erst einmal verschont geblieben. Ich hatte auf meinem Laptop in der Ostfriesenzeitung gestöbert, nachdem ich aus dem Kölner Stadtanzeiger, den ich aus Anhänglichkeit abonniert halte, vom Tod meines Mannes erfahren hatte.

Ich war fündig geworden. Die Darstellung des ‚Tathergangs' war in einer Sache eindeutig: der Tote hatte nicht schwimmen können und war zudem auf einem Fluss mit erheblicher Strömung in einem Paddelboot gesessen.

Was die Zeugin betraf, so berichtete diese, sie habe am Nachmittag des Samstag am Rheinufer einen Spaziergang gemacht, als ein großes Containerschiff an ihr vorüber in Richtung Bonn unterwegs war. Sie kenne sich aus mit den Strömungen und der Gefahr, in die jemand in einem kleinen Boot sitzend, geraten konnte, wenn er dem Sog des Schiffes ausgesetzt sein würde.

Und genau das sei geschehen. Im Boot habe sie – nicht sehr deutlich – nur eine männliche Person gesehen, die wild gestikulierte und schreiend versuchte, aus dem Sog des Frachters herauszukommen. Sie habe noch mit ansehen müssen oder können, wie das Boot kenterte. Da habe sie schon mit ihrem Handy gekämpft, das sich im Futter ihrer abgewetzten Umhängetasche verfangen hatte und erst mit Mühe herausgezogen werden konnte. Ein Notruf war schnell abgesetzt und der ungefähre Ort definiert, nämlich inzwischen ein paar Hundert Meter südlich des Campingplatzes am Rhein in Rodenkirchen. Sie bezeugte unter Schluchzen, wie der Mann noch einige Male aufgetaucht war und um Hilfe schrie. Was aber hätte sie tun können? Es folgten Verhöre, und weitere eventuelle Zeugen wurden durch die Medien aufgefordert, sich bei der Kölner Kripo zu melden.

Der Taxifahrer hat ausgesagt, was er auf dem Campingplatz am Vortag des Unglücks erlebte. Das blieb jedoch unkommentiert, war also nicht von Belang.

Von der Besatzung des Containerschiffs waren weder das Boot noch der Ertrinkende wahrgenommen worden. Wie die Presse nach Ermittlungen durch Fachkreise berichtete, sei es sehr schwer, ein kleines Boot in so unmittelbarer Nähe überhaupt zu sichten. Jedenfalls war dem Kapitän kein Versäumnis vorzuwerfen.

Als ich letztlich genug recherchiert und alles gelesen hatte und auch in den folgenden Tagen nicht nach mir gesucht wurde, kam ich ein wenig zur Ruhe. Ich bin dankbar dafür, dass ich Paul nicht identifizieren musste. Das hat ein Kollege auf sich genommen, mit dem ich inzwischen Kontakt hatte. Meine Eltern waren zu der Zeit auch auf Reisen. So ging alles seinen geordneten Gang.

Eins wird bleiben, ungewöhnlich genug bei all dem, was zwischen Paul und mir geschehen oder nicht geschehen ist in den zehn Jahren: Wenn es mir sehr schlecht geht und ich nicht weiß, wie ich den Tag überstehen soll, dann erinnere ich mich an unseren letzten, sehr bewussten und gefühlvollen Kuss, bevor ich in das Taxi stieg.

Wehmut kommt auf und klingt wieder ab. Wer bin ich, dass jemand mir vorwerfen könnte, ich hätte Einfluss auf Pauls Schicksal gehabt. Er war kein schlechter Mensch, nur anders. Malte ist auch kein schlechter Mensch, nur anders. Und Fred? Der wartet sicher nicht mehr darauf, dass ich durch das Tor treten werde. Gleich hole ich Enno bei meinen Eltern ab und gehe mit ihm am Freizeithafen spazieren, trinke einen Kaffee bei ‚Schöne Aussichten' und weiter geht es in den nächsten Park. Die Leine lasse ich zuhause. Enno braucht ein wenig Freiheit, wie ich.